13,60

D0474707

On ne s'endort jamais seul

René Frégni

On ne s'endort jamais seul

ROMAN

DENOËL

© by Éditions Denoël, 2000
9, rue du Cherche-Midi, 75006 Paris
ISBN : 2.207.25095.4
B 25095.7

Pour les quelques détenus de la prison des Baumettes que je retrouve tous les lundis depuis des années et à qui j'ai lu ce roman, de semaine en semaine, comme ils me lisent tous les cris de révolte et d'amour qu'ils tracent sur leurs cahiers la nuit dans leurs cellules.

À Nicole, à qui j'ai dicté ces lignes parce que je ne sais toujours pas me servir d'une machine et que j'aime trop mon stylo.

À mon ami Bruno S.

À Jean-Claude Izzo abattu de deux cartouches de cigarettes en pleine poitrine.

Ce qu'on fait par amour s'accomplit toujours par-delà le bien et le mal.

FRIEDRICH NIETZSCHE

1.

Pourquoi pas les vautours

Antoine Briata n'avait pas fait les vitres depuis la mort de sa femme, cinq ans plus tôt. Le cœur de celle-ci avait cédé sur un manège à sensation qui tournait à grande vitesse au-dessus de Marseille.

Il n'avait pas fait les vitres ni la poussière sur le frigo, mais il s'occupait de la petite Marie, sa fille, avec un amour chaque jour plus grand. Antoine ne pouvait pas voir la poussière, il ne regardait que Marie et la serrait dans ses bras, comme il la serrait déjà sur ce parking de Luna Park alors que sa femme morte valsait sous les étoiles de la Saint-Jean.

Antoine était très brun et bouclé, assez féminin d'allure, et cependant sa poitrine était couverte de poils. Il était toujours vêtu d'un pantalon et d'une veste de jean. Il vivait avec Marie dans l'appartement que sa mère lui avait laissé aux confins de cette banlieue de Marseille, les Trois-Lucs, où il était né.

Après avoir fait mille petits métiers dans le quartier et beaucoup ri autour d'un baby-foot, Antoine était devenu le même été papa et facteur. On le trouvait un peu maigre.

Chaque matin la petite Marie préparait son cartable, y glissait le goûter que son papa avait laissé en évidence sur la table de la cuisine, descendait frapper à la porte de sa copine Edwige et ensemble, par les petites rues que l'on arrosait déjà, mutines elles se rendaient à l'école. Marie avait eu sept ans le 4 juillet, la classe de CE1 lui plaisait.

Vers midi et demi, Antoine bouclait sa tournée, passait à la poste rendre les comptes, rentrait chez lui prendre une bonne douche, avalait froids les restes de la veille debout dans la cuisine et ressortait. Ses pieds ne pouvaient tenir dans une maison sans Marie.

Sa vieille paire de JB dans la main, il grimpait sur la place retrouver les amis d'une enfance que le chômage et les petites combines prolongeaient. Depuis deux mois un chien perdu l'accompagnait de porte en porte pendant toute la tournée. L'après-midi Antoine lui descendait quelque chose à manger et le chien, durant des heures, le regardait jouer aux boules.

Que la partie soit finie ou pas, à cinq heures pile Antoine était devant la grille de l'école et Marie lui sautait dans les bras. Pour rien au monde il n'aurait raté cet instant, c'était le plus beau de la journée. De tous les petits muscles de son corps elle l'étreignait, et le bonheur fermait leurs yeux. Les mamans souriaient.

Tout le quartier souriait en les voyant passer main dans la main, jamais l'un sans l'autre en dehors de l'école. Comme deux amoureux ils mangeaient face à face à la pizzeria d'à côté, allaient au cinéma le samedi soir ou au stade vélodrome dans le virage nord. La musique des fêtes foraines et l'odeur rose des barbes à papa les rendaient mélancoliques. Lorsque les manèges arrivaient sur la place, ils se couchaient de bonne heure en se racontant des histoires. Depuis cette nuit de la Saint-Jean ils dormaient côte à côte dans des petits lits jumeaux en se tenant la main.

L'été ils jouaient ensemble sur le sable des Catalans, les galets de Malmousque ou sous les murailles du fort Saint-Nicolas, où Antoine avait appris à nager. Marie grimpait sur son dos, s'agrippait à son cou et pendant des heures ils nageaient ainsi. Elle le serrait si fort qu'Antoine étouffait de rire et buvait beaucoup d'eau. Il était aux anges. Il la trouvait plus belle et malicieuse que le jour et la nuit réunis.

Durant toute son enfance Antoine était venu là dès les premières tiédeurs d'avril au lieu d'aller à l'école. Il pouvait rester des heures immobile sous l'immense lumière de la mer à regarder les bateaux franchir la passe, danser entre les îles et se dissoudre dans les embruns. Antoine était né rêveur et doux, la vie l'avait rendu timide. Cette existence avec Marie lui convenait très bien, lentement il oubliait les femmes, celles que l'on étreint, pas celles avec qui on vit.

Le 10 mai, juste avant cinq heures, l'une de ses deux boules fusa dans un caniveau, souleva de jolis palmiers d'eau et disparut dans une bouche d'égout qui en avait déjà avalé quelques-unes. Antoine et ses amis soulevèrent une grille, descendirent à tour de rôle dans le trou, scrutèrent. La boule avait filé. Les minutes aussi.

Quand Antoine arriva trempé de sueur à l'école, les derniers parents s'éloignaient un enfant à la main. Il pénétra en courant dans la cour. Quelques élèves se donnaient des coups de pied en attendant l'étude. Il chercha Marie, ne l'aperçut pas, se dirigea vers la classe où elle aimait rester seule avec sa maîtresse, Camille Ferréol, qu'elle adorait.

Mme Ferréol était derrière une pile de cahiers. Elle fut un peu étonnée, Marie était sortie avec les autres un quart d'heure plus tôt.

Ils firent ensemble le tour de la cour, interrogèrent les enfants et Antoine dit : « Quand elle ne m'a pas vu, elle a dû rentrer seule ou avec Edwige, merci. » Et il partit en courant.

Edwige se tenait en équilibre sur le marbre de la fontaine, non, elle n'avait pas vu Marie. Il escalada les marches. La clé était dans le petit meuble bleu sur le palier. Il appela deux ou trois fois. Silence. Sans reprendre son souffle il repartit vers l'école, jeta ses yeux dans toutes les ruelles qu'il croisa.

Le visage de Mme Ferréol se décolora un peu. Le cœur d'Antoine devint bruyant. Ils firent cette fois le tour des classes, couloirs, bibliothèque. Ils ouvrirent la porte de chaque cabinet. L'enfant pouvait avoir eu un malaise. La maîtresse du CP les aida à chercher, puis le directeur.

« Venez avec moi, dit-il à Antoine, nous allons téléphoner à quelques parents, elle est sans doute chez une copine en train de goûter. »

Antoine donna les noms de celles qui venaient souvent à la maison. On téléphona. Au bout du fil les parents interrogeaient les fillettes. Chacune avait vu Marie attendre son papa à la grille de l'école.

Antoine fit un nouvel aller-retour chez lui par un autre itinéraire. Edwige était toujours debout sur le rebord de la fontaine, la clé à sa place dans le petit meuble bleu. Le cœur d'Antoine fit exploser le silence de la cage d'escalier. Il entra dans l'appartement, bondit sur le répondeur. Aucun message. Bip bip bip.

À l'école le directeur tenta de le calmer. Antoine lui arracha le téléphone et appela Police Secours. Il était plus de six heures.

Le véhicule de patrouille arriva tout de suite. Les trois policiers en uniforme demandèrent au directeur de téléphoner à tous les parents d'élèves de la classe puis interrogèrent les proches voisins de l'école.

Antoine fonça trois fois chez lui, les yeux et la langue hors de la tête. Toujours pas de message.

Les policiers l'invitèrent à les accompagner au commissariat déposer pour disparition d'enfant. Durant toute la nuit les pompiers passèrent au peigne fin les abords de l'école, ruelles et petits jardins. Les hommes-grenouilles plongèrent dans le canal de Marseille qui passe à cent mètres de là avant d'aller se tordre dans tous les quartiers de la ville.

Le commissaire téléphona au procureur de la République. Le mot « enlèvement » fut prononcé pour la première fois à trois heures du matin.

La disparition de Marie fut signalée à toutes les forces de police et de gendarmerie du département. Les premiers barrages de contrôle furent établis.

Le lendemain la police interrogea tous les parents et la maîtresse. Deux autres enfants ayant disparu de la même manière à Marseille en quelques mois, le procureur dessaisit le commissariat au profit du Service régional de la

Police judiciaire dont les locaux étaient regroupés dans le célèbre bâtiment de l'Évêché, écrasé entre la colline du Panier et la coque aveuglante des navires qui partent le soir pour Tunis.

Une information fut ouverte. Chaque muscle d'Antoine tremblait depuis vingt-quatre heures, malgré la dose colossale de tranquillisants qu'un médecin lui faisait ingurgiter sans qu'il s'en rendît compte. Depuis qu'il avait entendu le mot enlèvement, sa bouche était incapable d'articuler autre chose que « Mon bébé, mon petit bébé, mon tout petit… ». De temps en temps elle faisait une bulle de salive.

Il lui fallut trois heures pour parvenir à dire aux enquêteurs de la PJ quels vêtements Marie portait au moment de sa disparition. « Une salopette en jean, non, une petite jupe bouton-d'or avec un palmier bleu et un petit noir qui joue du tam-tam », répétait-il.

Il n'était sûr que du tee-shirt blanc en coton. Un inspecteur le raccompagna chez lui en voiture. La salopette était dans le panier de linge sale. Les mains tremblantes, Antoine chercha des photos récentes de sa fille. L'inspecteur choisit celles qui avaient été prises au premier trimestre dans la cour de l'école, toute la classe sous le platane avec Mme Ferréol, les plus petits assis devant. Et un portrait agrandi de Marie où elle sourit timidement sans ses deux dents de devant.

Le soir même le signalement de la petite fut diffusé dans tous les commissariats et gendarmeries du pays.

« Le lundi 10 mai au moment de sa disparition à Marseille, Marie âgée de sept ans était vêtue d'une courte jupe bouton-d'or et d'un tee-shirt blanc. Marie mesure 1,20 m environ, porte des cheveux mi-longs châtain clair. Son visage est plutôt rond, ses yeux sont noisette. »
Un numéro vert fut mis en place 24 heures sur 24 : 08 00 68 15 07.

Antoine resta debout toute une journée dans un couloir de l'Évêché, les yeux rivés sur la porte du bureau où on s'occupait de Marie, comme si elle allait surgir de là d'une seconde à l'autre et lui sauter au cou.
De nouveau un inspecteur le raccompagna chez lui.
« Restez près de votre téléphone, quelqu'un peut vous appeler à tout instant. De notre côté nous faisons ce qu'il faut, toute la police est sur les dents, nous vous appellerons régulièrement. » Il lui serra les épaules. « Faites-nous confiance, essayez de dormir un peu. »
Antoine s'assit près de son téléphone et attendit. Toutes les heures sa tête tombait sur sa poitrine et son cœur explosait.

Les trois jours suivants, Antoine les passa à fouiller chaque recoin du quartier. Ce que la police et les marins pompiers avaient fait dix fois, il le refit cent fois.

Il longea le canal sur plusieurs kilomètres, chercha dans la boue séchée des traces de pas, un fil de coton accroché aux broussailles. Il poussait la grille des jardins, faisait le tour des arbres, se penchait sur les bassins, entrait dans chaque boutique en répétant : « Vous n'avez pas vu Marie ? »

Ce n'était plus le facteur souriant qui apportait le matin et écrivait « absent » quand c'était des PV. C'était un homme plus perdu que le chien qui s'était un jour attaché à ses pas.

Une bombe tombant dans le quartier n'aurait pas fait plus de bruit. Plus aucun enfant ne jouait seul sur les places, on venait les chercher à l'école et hop à la maison. La peur et la tristesse plombaient chaque rue.

Tout le monde connaissait cet homme hagard de douleur qui depuis trois jours marchait sans avaler la moindre miette, s'accroupissait entre les roues des camions en stationnement, entrait dans les couloirs, l'église, et repartait sous le silence de midi battre tous les chemins de campagne. Chacun avait vu cet homme grandir dans ces mêmes rues, y courir, taper dans un ballon, rire. Il avait été cet enfant doux, incapable de bousculer une mouche et qui aidait les commerçants à sortir leurs cageots de légumes et les tables des bistrots.

Cent fois il posa aux mêmes voisins la même question : « Marie ? Marie ? Marie ? » Comme si de prononcer ce nom, inlassablement, de jour comme de nuit, sur chaque placette ou escalier du quartier, ramenait dans sa main la petite main de l'enfant qui était la lumière et la chair de sa vie.

Une semaine exactement après la disparition de Marie, Léontine Bérard, âgée de quatre-vingts ans, se présenta au commissariat en soufflant comme un phoque.

« Je crois bien que j'ai vu la petite monter dans une voiture, dit-elle, c'était lundi dernier. »

Tout de suite on la fit asseoir.

« J'habite à deux pas de l'école, au numéro 5, et Antoine je le vois passer tous les soirs de ma fenêtre. Il a la petite dans une main, le cartable dans l'autre. Je l'appelle Antoine parce que je l'ai vu grand comme ça. Je les ai tous vus grandir, pensez, ils jouaient au ballon sous ma fenêtre, ils m'ont même cassé deux fois une vitre. Quand j'ai vu l'article dans le journal et tous ces policiers dans la rue, il m'est revenu quelque chose. Laissez-moi respirer un peu… Qué chaleur… »

Elle s'épongea le front, le cou, glissa le mouchoir blanc dans son soutien-gorge.

« Je rentrais chez moi, tous les après-midi je vais m'asseoir un peu sur le banc à côté de la baraque à sandwichs, on blague un moment avec les copines. C'était lundi, le pharmacien était fermé. Je l'ai remarquée la voiture parce qu'elle a failli me renverser en plein milieu des clous, j'ai même levé ma canne. Elle a stoppé juste après le carrefour et quelqu'un à ce moment a poussé la petite dedans. Sur le coup j'ai pas fait attention, il y a tellement de petits qui se font tirer l'oreille en sortant de l'école. Mais plus j'y pense, plus j'en suis sûre, elle avait une jupe jaune et un tricot blanc, comme dans le journal. »

Les mouches faisaient trop de bruit, les inspecteurs se rapprochèrent.

« Pourriez-vous nous indiquer la marque de la voiture ?

— La marque, pauvre de nous, j'en connais aucune, à part la DS et la 2 CV. C'était une longue voiture noire aussi brillante qu'un piano, une machine qui doit coûter plus cher que ma maison.

— Bien entendu, le numéro d'immatriculation...

— Le numéro ? Je pourrais même pas vous dire si elle était plutôt ronde ou plutôt carrée, noire, brillante et longue comme un jour sans pain.

— Vous dites que vous avez vu quelqu'un pousser l'enfant à l'intérieur ?

— Oui, une femme.

— Une femme ?…

— Une femme aussi noire que la voiture. Je parle des habits. Vous savez ça va tellement vite, une voiture noire, une femme noire et une gamine jaune et blanche qu'on pousse un peu dedans. C'est tout ce que j'ai dans les yeux, pourtant j'y pense jour et nuit depuis que tout le quartier ne parle plus que de ça, j'en ai même perdu le sommeil. S'ils n'avaient pas failli m'écraser je n'aurais sans doute rien remarqué du tout… Pauvre garçon, il a toujours été le plus brave de la bande, le seul qui ne m'ait jamais insultée quand je leur envoyais un seau d'eau sur la tête.

— Blonde ou brune, la femme ?

— Des mollets nus, c'est tout ce que je peux dire, vingt ans ou soixante je n'en sais rien, je n'ai même pas vu le visage de la petite. Je vous dis qu'ils sont passés à ça de mes pieds et j'ai le cœur bien fatigué. »

Le témoignage de Léontine Bérard fut pris très au sérieux, c'était le premier. Un instant plus tard, les inspecteurs de la PJ s'engouffrèrent dans le commissariat du quartier et Léontine, très flattée que tous ces hommes jeunes et robustes se penchent sur elle, répéta tout ce qu'elle venait de dire en y ajoutant quelques détails et effets de mouchoir afin de faire durer cet instant inespéré de jeunesse.

On la désaltéra, la raccompagna chez elle comme une reine, et elle raconta pour la troisième fois ce qu'elle avait vu, mimant la scène en plein milieu du carrefour que bloquait la police. Elle brandit sa canne avec un tel courroux que la voiture noire et longue comme un piano à queue apparut brutalement dans l'imagination de chaque policier.

Dès lors la piste du canal et celle d'un détraqué sexuel isolé furent momentanément écartées. Une demande de rançon semblait fort improbable, Antoine était à découvert un mois sur deux dès le 25.

Une voiture de luxe, une femme… Le SRPJ téléphona au juge d'instruction et on s'orienta vers un réseau organisé de pédophiles ou de truands fournissant ce réseau.

Une semaine après la disparition, cette nouvelle ébranla profondément un quartier déjà très choqué. Le banc de la baraque à sandwichs devint le centre nerveux de cette seconde commotion. Les copines de Léontine s'élançaient en chœur dans les clous, brandissant leurs cannes en signe de colère, et tout le monde crut avoir aperçu la mystérieuse voiture noire. Que l'on parlât aussi d'une femme n'arrangeait pas les choses.

Antoine bondit chez Léontine. La voix déchirée de sanglots, cent fois elle refit les gestes en boitant autour de la toile cirée de la cuisine. « Mon pauvre petit, mon pauvre petit », assenait-elle à chaque tour à cet homme anéanti dont chaque muscle pendait.

À cinq heures Antoine se retrouva devant l'école avec la foule des parents comme il l'avait fait chaque soir depuis des années. Il se colla à la grille et attendit. Quelques regards effrayés se croisèrent, d'autres, boule-versés, se détournèrent. Les voix s'éteignirent jusqu'à l'arrivée braillarde des enfants. Personne ne comprenait ce que cet homme perdu attendait, ou plutôt on le com-prenait trop, il attendait l'impossible. Et ceux qui avaient eu la force de supporter son regard n'y avaient vu danser que la folie. Les paroles de Léontine autour de la toile cirée quelques minutes plus tôt avaient écrasé son cer-veau mieux qu'un coup de merlin.

Le flot d'enfants s'écoula et une main se posa sur son bras. C'était celle de Camille Ferréol. La maîtresse ne prononça pas une parole, lentement elle lui fit lâcher la grille, le guida à travers la cour, laissant le corps de l'homme étranglé par l'angoisse s'en remettre à elle, à ses pas, s'appuyer légèrement contre son corps, la peau douce et nue de son bras, son souffle calme. Sans un mot elle l'amena dans la classe.

Antoine n'y était pas revenu depuis huit jours. Il se laissa tomber sur le banc de Marie, dans ce minuscule bureau au premier rang où l'enfant ne venait plus, où il l'avait tant de fois aperçue à travers la fenêtre quelques instants avant l'heure de la sortie, le visage illuminé de le voir, lui, collé à la grille à l'autre bout de la cour. Les jambes tordues par l'étroitesse du bureau, il sentit la présence de sa fille. Pour la première fois depuis huit jours son corps se détendit d'un coup, tout son visage se déforma, il poussa un cri de bête et un torrent de larmes sortit des profondeurs les plus lointaines de sa détresse.

La jeune femme prit sa tête dans ses mains et la plaqua contre son ventre, comme l'aurait fait n'importe quelle maman.

Antoine pleura longtemps, hurla, se couvrit de bave, de morve. Camille le serra de plus en plus fort sur son ventre en caressant tendrement ses cheveux. Il pleura très longtemps et elle lui caressa de plus en plus tendrement les cheveux. Petit à petit son corps s'arrêta de sauter. Camille ne desserra pas son étreinte. Il était pour un instant, si violemment, l'enfant qu'elle n'avait pas, qu'elle n'aurait peut-être jamais.

Antoine retira du petit casier du bureau tout ce que
Marie y avait laissé au fil des mois. Quelques cahiers et
livres, la moitié d'un pain au chocolat, trois pièces de un
franc, un porte-monnaie rond bourré de billes, un morceau de chewing-gum et un poussin jaune en peluche
avec les yeux bleus. Antoine se souvint d'avoir vu Marie
le glisser dans son cartable quelques jours plus tôt. Souvent elle s'endormait avec lui ou avec le gros ours qu'elle
appelait Juliette.

Il se leva et Camille le raccompagna jusqu'à la grille.
Ils se séparèrent sans avoir échangé une seule parole.
Antoine serrait toujours dans sa main le petit poussin
jaune.

Si Léontine ne s'était pas trompée, il ne servait à rien
de fouiller encore le quartier. Antoine passa ses journées
dans le couloir de l'Évêché à guetter le regard des inspecteurs qu'il connaissait. Ceux-ci hésitaient à aller chercher
un café à la machine de peur de le croiser. Jour et nuit il
les harcela. Dès qu'il en apercevait un il bondissait. « Du
nouveau ? » Chaque fois il se heurtait à la même réponse
gênée. « Faites-nous confiance, monsieur Briata, nous
faisons le maximum, nous vous avons même mis sur
écoute au cas où les ravisseurs voudraient entrer en

contact avec vous. Tout le pays est surveillé, chaque poste-frontière. »

Régulièrement on le raccompagnait chez lui. Une heure après il était encore là.

Il se mit dans l'idée que la voiture noire qui avait emporté Marie n'avait peut-être pas quitté Marseille. Il commença à tourner comme un fou dans la ville. Des petits cercles autour de l'Évêché d'abord, des petits cercles qui ne l'éloignaient pas du cerveau géant qui recherchait sa fille : Vieux Port, Centre Bourse, Opéra. Puis ce furent les quais et la gare Saint-Charles qui aimantèrent ses pas. On pouvait tenter de lui faire quitter la ville par la mer, le train. Aucune voiture noire luxueuse ne lui échappait, il tournait autour de celles en stationnement ou bloquées par un feu rouge, scrutait l'intérieur de celles qui filaient. Dans chaque rue, chaque boulevard, sur chaque place ses yeux traquaient les enfants de la taille de Marie, et lorsqu'une tache jaune ou blanche apparaissait au loin entre les platanes ou fugitivement dans la foule, Antoine se mettait à courir, le cœur immédiatement soulevé.

Il remonta des trains entiers qui allaient partir vers Paris, Rome ou Genève, fouilla les profondeurs de la ville du haut des marches blanches de la gare, longea des dizaines de fois les bassins de la Joliette, d'Arenc et de Radoub. La voiture noire pouvait être garée près d'un navire. De la digue du grand large il les voyait tous, quai au soufre, quai au charbon, quai Charcot. Il était persuadé que la digue Sainte-Marie lui porterait bonheur, chacune de ses errances le ramenait là. Épuisé, il venait s'écrouler contre le phare. « Ma petite Marie, balbutiait-il, appelle-moi, je vais venir te chercher, appelle-moi jour et nuit, je vais te retrouver. »

La mer immense commençait à ses pieds. Il regardait filer vers le large les ombres du vent et retournait se perdre dans le dédale d'une ville qui avait avalé sa vie.

Pendant un mois il marcha dans cette ville sans se laver, sans se raser, sans presque dormir, à la recherche de son enfant. Il achetait un sandwich dans un kiosque et il poursuivait son chemin. Il s'endormait une heure dans des parcs, des squares, sur un banc, et repartait droit devant. Il fit le tour de tous les quartiers, s'égara dans des cités sans nom que le soleil brûlait, se retrouva au bord des collines où le silence arrête les ultimes banlieues.

Régulièrement sa traque le ramenait chez lui, aux Trois-Lucs. Il escaladait les marches, écoutait son répondeur. Toujours le même genre de message : « Antoine, tu n'es jamais là, passe nous voir au bar ou sur la place, tu sais que tu peux compter sur nous… On t'embrasse très fort, tu peux nous demander n'importe quoi… Courage, on va la retrouver c'est sûr. »

Les postiers aussi appelaient : « On s'est débrouillés pour te faire mettre en longue maladie, tu gardes ton salaire mais passe à la poste, tout le monde veut t'aider. On a confiance. »

Le silence effrayant de ce petit appartement qui avait abrité son bonheur l'empoignait aussitôt. Il repartait sans même fermer la porte. De plus en plus souvent, sans qu'il s'en rendît compte, il poussait le cri déchirant de la femelle grizzli.

Léontine avait parlé d'une voiture plus chère qu'une maison, il fouilla surtout les riches quartiers du Roucas, de la Corniche et du Prado. Il regardait à travers chaque grille les voitures garées au fond des allées devant les maisons où des chiens veillent sur de grands escaliers de pierre.

Pendant un mois il marcha sous le soleil, la nuit, le vent, et son visage devint gris, son jean devint gris, ses pieds aussi, gris comme la poussière des milliers de trottoirs, d'escaliers, de jardins publics qu'il foulait harassé de détresse sous des ciels pleins de feu ou d'orages. Pas une seule fois, même dans ses sommeils brutaux qui l'abattaient n'importe où dans la ville dès qu'il s'effondrait sur un peu d'herbe, une pierre, un banc, pas une seule fois sa main n'avait lâché au fond de sa poche le petit poussin jaune que Marie avait posé pendant des années contre son visage pour s'endormir.

Durant un mois il ne vit de Marseille que les voitures noires et les enfants jaunes et blancs. Un jour il sut que celui ou celle qui lui avait volé Marie ne pouvait avoir qu'un regard monstrueux. Jour et nuit il se mit à chercher un regard monstrueux. Aucun regard dès lors ne lui échappa, il allait comme un loup dans la foule qui sort des magasins, des salons de thé, du métro. Le regard monstrueux d'un employé de banque, d'une femme en tailleur, d'un agent immobilier. N'importe qui pouvait avoir un regard monstrueux. Antoine ne savait qu'une chose, ce regard-là, le regard unique de celui qui avait emporté Marie, au milieu de cent mille hommes et femmes bousculés par le désir, la fatigue et le temps, au premier coup d'œil il le reconnaîtrait. Antoine devenait un loup. Son regard gris devint insoutenable.

Il entra partout, dans les couloirs, les parkings, les caves. Partout il appelait : « Marie ! Marie ! » Même sa voix devint grise. On le prit souvent pour un clochard ivre, avec sa barbe, ses cheveux, ses yeux. Il ne buvait qu'aux fontaines avec les enfants et les oiseaux.

Ivre il l'était, d'épuisement, de douleur. Chaque jour la folie s'incrusta plus loin dans son corps, ses cellules, ses muscles, sa peau. Halluciné il traversait des carrefours, des rails, des bretelles d'autoroute, des stades, s'engouffrait dans des tunnels. Marie n'était peut-être nulle part, il la voyait partout.

Si Antoine durant ces derniers jours de printemps s'était arrêté de marcher, son cœur serait mort de souffrance. Tout Marseille vit pendant un mois rôder un loup aux yeux déments.

Un soir de la mi-juin, il revint hébété des hauteurs de Vauban et Périer où il avait erré depuis le matin sous la fournaise. Il descendit la rue Breteuil et déboucha sur le quai des Belges. La lumière étincelante du port l'aveugla. C'est alors qu'un homme lui posa la main sur l'épaule. Il se retourna. L'homme le regarda des pieds à la tête, chercha ses yeux au milieu de la barbe et de la fatigue.

« Antoine ? C'est toi ? »

Et il le serra brusquement dans ses bras.

« Antoine… Mais qu'est-ce qu'il t'arrive ? »

Cet homme tout le monde le connaissait à Marseille, de réputation ou pour avoir un jour vu dans un journal sa photo à la une des faits divers. Il était devenu l'un des maîtres du monde de la nuit et de l'empire des jeux, l'une des quatre ou cinq figures du milieu que chacun craignait et respectait. Il venait de purger dix ans de prison pour association de malfaiteurs et extorsion de fonds. Dans toutes les prisons son prestige n'avait cessé de grandir. Les directeurs de chaque établissement savaient que le calme ou la mutinerie passait par lui. Il avait droit à tous les égards.

Jacky Costello était un caïd. Il était aussi l'ami d'enfance d'Antoine. Ils avaient grandi dans la même rue, l'un au 22, l'autre au 24, avaient tout découvert ensemble au fil des saisons, à l'école et surtout dans les rues, la violence, la révolte, le fou rire et l'amour. Jacky avait toujours veillé sur Antoine, comme on protège un petit frère fragile et doux.

Il s'écarta un peu pour mieux scruter le fond de ses yeux.

« Viens », dit-il. Et il entraîna son ami à l'intérieur du *New York*, à la terrasse duquel il était attablé lorsqu'il avait cru reconnaître cette ombre grise que le soleil couchant clouait.

Ils s'installèrent au fond du restaurant, un peu à l'écart des dîneurs. Ils ne s'étaient pas vus depuis plus de dix ans, sauf pendant la semaine qu'avait duré le procès aux assises. Chaque jour Antoine avait été le premier le matin à venir s'asseoir sur un banc dans la salle d'audience, et jusqu'au soir il regardait Jacky sous très haute surveillance derrière la vitre blindée du box des accusés. De temps en temps Jacky se tournait vers lui et lui faisait de l'œil ; beaucoup plus décontracté que le facteur qui avait pris une semaine de congé pour soutenir son ami d'enfance.

Jacky Costello était aussi connu dans le milieu sous le surnom de Cristal, qu'il devait depuis les bancs de l'école à la pureté coupante de ses yeux. Aucun enfant déjà ne pouvait soutenir ce regard qui en quelques secondes les transperçait, comme si toute sa force se concentrait dans ces deux gouttes de glace.

Jacky Costello posa ses mains puissantes sur les épaules pointues d'Antoine.

« Tu es malade ?… Tu as perdu ton travail ?

– J'ai perdu ma fille. On me l'a volée. »

Le truand fut interloqué. Il lisait le journal presque tous les jours. L'article avait dû paraître durant l'un de ses multiples allers-retours en Italie.

Il fit signe au garçon, commanda deux énormes côtes de bœuf saignantes. On s'exécuta prestement. M. Costello était chez lui dans chaque établissement de la ville. Il pouvait entrer n'importe où, une table se libérait immédiatement.

« Volée ? Ta fille…

– Je t'avais écrit à Fresnes pour te dire que ma femme était morte sur un manège la nuit de la Saint-Jean. Depuis je vis avec ma fille dans l'appartement que tu connais, elle a sept ans. »

D'un trait le pauvre homme raconta tout. Quand il eut terminé, Jacky Costello tenait toujours dans ses mains puissantes les bras maigres d'Antoine. Il demanda qu'on apporte deux autres côtes de bœuf, celles qu'on leur avait servies étaient froides, ils n'y avaient touché ni l'un ni l'autre.

Antoine ne parvint pas à en avaler le quart, il ne toucha pas aux frites, mais pour la première fois depuis plus d'un mois les griffes de l'angoisse desserrèrent un peu leur étreinte. Il venait de retrouver son ami d'enfance, celui qui par sa seule présence avait toujours écarté le danger. Et le poids de ces mains si larges sur ses muscles épuisés, l'intensité fraternelle de ce regard firent frémir au fond de son corps quelque chose qui ressemblait peut-être à de l'espoir.

« Jacky, prononça-t-il, il n'y a que toi qui puisses me la retrouver, que toi, et je n'ai qu'elle au monde.

— Et la police ?

— Ils pensent à un réseau, ils interrogent des dizaines de gens déjà fichés, trois fois par jour ils me raccompagnent chez moi en me disant de dormir. Qui peut dormir si on lui enlève son enfant ?

— Ils ont raison, tu as vu ta tête ? Je t'ai pris pour un clochard tout à l'heure, et je te connais comme si je t'avais fait. Ce soir tu dors chez moi, une bonne douche, tu te rases, douze heures de sommeil, et demain matin devant un bol de café on fait le point. Ta fille a besoin d'un père pour la retrouver, pas d'une épave. »

Jacky Costello fit signe à un homme de régler l'addition et ils sortirent. Sa voiture, une Audi A6 flambant neuve, gris métallisé et vitres teintées, était garée juste devant le *New York*. Les fauteuils étaient en cuir blanc.

Ils longèrent les docks, passèrent devant les terrasses des bars de L'Estaque, noires de monde. Une odeur de panisses et de chichis traversa la voiture et leurs corps. Un sourire d'enfance éclaira leurs visages, une seconde, sans qu'ils s'en rendent compte. L'Audi attaqua la montée vers Le Rove.

Au petit village d'Ensuès ils plongèrent vers le silence des calanques. Depuis sa sortie de prison Jacky vivait seul dans une petite villa de La Redonne qu'il avait fait aménager.

Un portail aveugle s'ouvrit automatiquement devant la voiture et se referma aussitôt derrière eux. Jacky contourna la maison, se gara. Deux bergers allemands et un doberman dansaient autour de la voiture.

« Je vous présente Antoine, leur dit-il, tapotant le flanc des bêtes de ses larges mains. Il va falloir veiller sur lui comme sur moi, c'est mon ami d'enfance. »

Juste avant de sombrer, un demi-disque pourpre incendiait la mer. Il embrasait aussi, un peu plus haut du côté des collines désertes, les six arches de pierre rousse du monumental viaduc ferroviaire de Mauvallon. Durant quelques secondes le ciel entier flamba au-dessus de leurs têtes, entre les aiguilles de pin.

Une dizaine de caméras avaient été disposées autour de la maison et dans le jardin hautement clôturé. L'endroit était mieux gardé qu'une bijouterie Cartier. Ils entrèrent.

C'était ce qu'on appelle ici une petite maison de pêcheur, elle semblait équipée et meublée par un milliardaire. Jacky distribua aux chiens d'énormes morceaux de viande rouge pendant qu'Antoine laissait se vider sur sa tête et son corps un cumulus entier d'eau bouillante. Un mois et demi de transpiration, de poussière et d'angoisse fila sous terre.

Il n'eut pas la force de se raser. Dès qu'il aperçut un lit ses paupières tombèrent. Il bascula dans un sommeil de plomb. Il dormit quinze heures sans remuer un cil.

Quand il ouvrit les yeux le soleil était au milieu du ciel, son ami sur la terrasse en short, torse nu, les chiens tapis dans l'ombre.

« Café ou pastis ?

— Rien pour l'instant, répondit Antoine, je suis trop ensuqué. » Il se laissa tomber dans une chaise longue. « Je me demandais ce que deviendraient tes muscles en prison, je ne pose plus la question.

– J'ai fait du sport pendant dix ans, rien d'autre à faire, musculation le matin, boxe l'après-midi. J'étais moniteur, on me foutait une paix royale, cellule ouverte toute la journée. J'en faisais plus là-bas que depuis que je suis sorti. Ce matin j'ai couru une heure sur le sentier des douaniers et j'ai nagé autant. En sortant de l'eau j'avais une telle faim de loup que j'en ai acheté deux petits à Tony sur le port, frais comme l'œil. Quand je me réveille tôt, je l'appelle sur son portable au large et il me dit ce qu'il va ramener. Va te prendre une bonne douche froide le temps que je les prépare, cinq minutes sur le gril, sel, poivre, un filet d'huile d'olive et quelques gouttes de citron. Je ne sais pas si la recette existe, c'est comme ça que j'en rêvais quand j'étais dedans. »

Quelques instants plus tard, Antoine dévora comme il avait dormi, furieusement. Il avala aussi une énorme salade de tomates bourrée d'oignon, une tomme de chèvre entière et un demi-melon. Jacky le regardait en souriant.

« Depuis hier soir je pense à ta fille, dit-il. Voilà ce que nous allons faire. D'abord tu vas essayer de savoir où en sont les flics. Arrête de les emmerder toutes les cinq minutes, ils sont certainement sur une piste, ils ont des moyens que nous n'avons pas, fichiers, écoutes, indics partout, et un mois et demi d'avance sur nous. Ensuite tu vas mettre sur le coup tous les facteurs du département, débrouille-toi comme tu veux, tu connais mieux la poste que moi, peut-être par les syndicats, nous avons sous la main un réseau inespéré de renseignements. Que chaque facteur ouvre l'œil, vous êtes les seuls à entrer dans tous les jardins, villas, propriétés privées, chaque matin. Une grosse voiture noire, un comportement louche. Fais circuler la photo de ta fille dans chaque poste. Une règle d'or, la discrétion.

— Je vais faire imprimer son signalement et celui de la voiture en plusieurs centaines d'exemplaires que je déposerai dans les centres de tri, ils seront diffusés dans le moindre bureau distributeur.

— Cet après-midi je t'emmène avec moi, nous allons faire le tour des quartiers, j'ai mon petit réseau personnel, on ne sait jamais, si des voyous sont mêlés à ça je l'apprendrai, à Marseille tout se sait. Bon, pendant que je nous prépare un bon café, tu te rases, tu jettes tes loques à la poubelle et tu vas dans ma chambre choisir un pantalon et une chemise, les chaussures risquent d'être un peu justes, j'imagine que tu fais toujours du 45 fillette. Tu te souviens les rigolades, maigre comme un clou avec tes deux barcasses. On t'appelle toujours Berthe au grand pied aux Trois-Lucs ?… On s'arrêtera en ville dans le premier magasin. »

Antoine regarda ses pieds. Pour la première fois depuis longtemps il essaya de rire.

Jacky Costello aimait depuis toujours les chaussures en chevreau. C'était la première chose qu'il avait achetée vingt ans plus tôt avec les tout premiers sous d'un premier casse.

« Tiens, prends ce casque, on y va en moto. Ce sera plus facile pour se garer, on va pas mal bouger. »

La 900 CBR bleue bondit hors du jardin et ne mit que quelques minutes pour atteindre le centre-ville. Elle valsait vertigineusement entre les files de voitures.

Costello avait été champion de France à l'âge de vingt-trois ans. Cramponné à son ami, Antoine se demandait à chaque virage comment on pouvait conserver de tels réflexes après dix ans d'immobilité dans huit mètres carrés. Lui n'avait conduit dans sa jeunesse qu'un Solex gonflé, cet engin diabolique il n'aurait même pas su le faire démarrer. Certains hommes naissent, se dit-il, pour sympathiser avec les abîmes. Jacky accéléra et il ne se dit plus rien.

Ils commencèrent par la Belle-de-Mai, filèrent sur Endoume, revinrent vers le Panier. Ils garaient la moto devant un bar, entraient. Durant un quart de seconde les yeux et la bouche du patron s'agrandissaient : une 900, deux hommes casqués…

Jacky retirait son casque et le patron se détendait. Il quittait son comptoir, serrait le caïd dans ses bras. Il y avait dans ce geste autant de respect que de soulagement. Dur métier.

On s'installait un peu à l'écart, à une table abritée des oreilles indiscrètes. Avant de parler de ce qui les amenait, on prenait des nouvelles des uns et des autres, surtout de ceux qui étaient encore dedans ou venaient juste de replonger. Jacky présentait à son ami chacun de ces hommes au regard et mains épaisses de tueur. Tous possédaient un surnom : le Bègue, l'Anguille, Moumoute, le Dingue, Trompe la Mort, l'Américain — ce dernier avait fait trois mois d'anglais avec un professeur aux Baumettes. Ou tout simplement le Grand, ce qui annonce une certaine allonge. Il y a beaucoup de grands dans ce milieu.

Jacky Costello ne commandait qu'un ballon de Vittel qu'il finissait rarement. Antoine, après avoir avalé deux ou trois cafés, se mit au 51. Un violent mistral venait de se lever sur Marseille, les mouches étaient très énervées.

Les deux amis élargirent leur tournée vers Saint-Antoine, Saint-Gabriel. Partout le même accueil. Déconcertés d'abord de voir surgir un si gros poisson, très vite les voyous s'illuminaient et des joueurs de cartes s'empressaient en souriant de céder leur table. Petits caïds de quartier ou chômeurs depuis la guerre, tous le reconnaissaient. Cristal.

Jamais Antoine n'avait imaginé l'ampleur du prestige qui entourait son ami. Il commandait un 51.

En sortant du bar *Jo*, Jacky lui dit : « Tu vas un peu arrêter le pastis si tu ne veux pas tomber de la moto. Hier j'ai trouvé un clodo, ce soir je vais perdre un ivrogne. Nous avons placé des appâts un peu partout, maintenant il faut attendre, ils ne demandent qu'à me rendre service. Il ne faut pas qu'on te voie trop souvent avec moi dans les jours qui viennent, je suis très surveillé, tu t'en doutes. Je vais te raccompagner chez toi et tu vas essayer de te calmer un peu. Rapporte de l'Évêché le plus de renseignements possible. Je te donne mon numéro de téléphone, évite de m'appeler, nous sommes toi et moi plus écoutés que France Inter. J'ai beau changer de portable et de puce toutes les semaines sous divers noms, avec un scanner les flics captent ce qu'ils veulent dans un rayon de trois cents mètres. Si tu veux me joindre, viens l'après-midi à l'académie de billard, rue Pavillon, en général j'y suis, il y a une partie. Sinon demande à la serveuse derrière le comptoir, elle te dira où tu peux me trouver. Je suis de la vieille école, on faisait cent kilomètres pour se dire deux mots. Les Baumettes sont pleines de frimeurs qui se font balancer par leur portable. Déplace-toi, aucun téléphone n'est sûr, même pas les cabines, dès qu'elles sont près d'un bar elles sont bouillantes et des bars à Marseille il y en a dans chaque rue. Je vais tout faire pour t'aider, Antoine, mais ma présence peut te nuire, ils me surveillent comme le lait sur le feu. »

Il le ramena aux Trois-Lucs, le serra dans ses bras, glissa dans sa poche une grosse liasse de billets. Il s'arracha, faisant vibrer feuilles, vitres, cœurs de vieillards et soir d'été.

En vingt-quatre heures Jacky Costello venait de métamorphoser un épouvantail en silhouette presque humaine. C'est pour cette puissance-là aussi qu'il était connu partout sous le nom de Cristal.

S'il n'avait pas été à moitié ivre, Antoine n'aurait pas eu la force de rentrer dans cet appartement où tout lui parlait de Marie. Il serait parti droit devant, comme la veille, n'importe où avant de s'écrouler contre le phare ou dans une ruelle en escalier derrière le port.

Malgré les dix ou quinze pastis, tout lui parla de Marie. Les poupées bras en l'air dans tous les coins de l'appartement, immobiles depuis ce lundi de printemps, la grande peinture « Le nain rouge » qu'elle avait faite à la maternelle, punaisée sur la porte de la cuisine. Toutes les photos fixées par un aimant sur le frigo : Marie qui vient de naître et qui dort les poings serrés dans le berceau en plexiglas de la maternité. Marie à deux ans assise nue dans le lavabo d'une chambre d'hôtel. Sur la plage en train de chercher des coquillages sous les algues. Dans une grande bassine pleine d'eau, l'été, avec un petit garçon qui n'habite plus là. Marie au milieu des fleurs et des papillons à la montagne. À plat ventre sur un rocher blanc, ses petites mains tendues vers l'eau glacée d'un torrent. Sur le balcon du studio qu'Antoine avait loué pour huit jours. Les premiers pas de Marie à onze mois sous les fenêtres, une seconde avant de se laisser tomber sur les fesses.

L'écriture de Marie « mercredi 5 mai » sur le tableau noir. Elle adorait jouer à la maîtresse. Antoine était l'élève et devait faire beaucoup de bêtises, répondre de travers.

Le poussin jaune dans sa poche, la seule chose qu'il n'ait pas jetée à la poubelle le matin en enfilant les vêtements de Jacky.

Il alluma la télévision et la regarda pendant trois heures sans mettre le son. Il s'endormit enfin avec Juliette, l'ours, sur le tapis du salon.

Il rêva qu'un homme chauve qui avait été médecin en Afrique vaccinait Marie sous ses yeux. Cela se passait au-dessus d'un précipice, quelque part au milieu des collines.

Antoine comprit que la substance injectée n'était pas atténuée. L'homme était en train de lui inoculer un virus qui allait la tuer. Son petit torse nu, l'enfant souriait innocemment, tendue seulement par la légère inquiétude qui habite n'importe quel enfant du monde que l'on vaccine.

La seringue siffla en se vidant. Antoine fit un bond sur le tapis. Il faisait encore nuit. Le mistral n'était pas tombé, il sifflait aux joints des fenêtres.

Ruisselant de sueur, il enfila ses vêtements et s'engouffra dans la nuit. Il savait qu'il ne trouverait plus le sommeil.

Il marcha vers la ville.

Deux jours plus tard il entendit son nom en traversant le quartier. Camille Ferréol venait de l'apercevoir en sortant de l'école. Elle toucha son bras, interrogea ses yeux.

« Vous êtes épuisé. Où allez-vous ? »

Il remua à peine les lèvres et les épaules. Il était planté au milieu de la rue, ses semelles collées au goudron. Le soleil frappait à coups de masse sur son crâne.

« Venez, je vous emmène chez moi. Nous boirons quelque chose de frais. On brûle ici. »

Il sentit sur toute sa peau l'immense douceur de cette femme. Il la suivit. Elle le fit monter dans une Clio bleu lavande.

« J'habite à trois kilomètres d'ici, en pleine campagne. Vous allez voir, ça ressemble à un film de Pagnol, ceux qui se passent dans les collines. Rien n'a bougé. »

La voiture tourna sur une étroite route déserte, sauta une rivière, longea un cimetière et s'arrêta devant une ferme recouverte de fleurs. Un peu plus loin, en bordure des champs, un petit homme était perché dans un arbre.

« C'est mon père, annonça-t-elle en riant, il a travaillé toute sa vie et maintenant, à plus de quatre-vingts ans, impossible de le faire descendre des arbres. Du matin au soir il taille, greffe, cueille, traite, parfois il ne fait rien, il est là-haut, il regarde, personne ne sait quoi. Venez. »

Ils entrèrent dans la véranda, l'air y circulait par les larges baies ouvertes, chargé du parfum de milliers de fleurs.

« Je n'ai que de l'orangeade et du sirop d'orgeat. »

À écouter sa voix, personne ne se serait douté qu'elle s'adressait à une pyramide de souffrance. Elle revint de la cuisine, un plateau dans les mains.

« Qui imaginerait qu'un million de personnes grouillent derrière cette colline… Je suis née ici et j'espère bien y poursuivre ma vie. J'ai essayé de voyager, rien ne me convient mieux que ce vallon… Et vous ?

– Rien. »

Un instant de silence les laissa immobiles, leur verre à la main où tintaient à peine des glaçons.

« Vous savez, je la connais bien, on s'adorait. Je suis persuadée que nous allons la retrouver, elle vit, je le sens. C'est une enfant plutôt réservée mais elle a une force… Je vais vous faire visiter mon jardin. » Elle le prit par la main. « Dans la journée je m'occupe de mes vingt-huit enfants, le soir de mes trois mille fleurs. Ma vie s'arrête là, je me couche et me réveille avec le soleil, comme je l'ai toujours fait. »

Des dizaines de pots de géraniums, de pétunias et d'œillets d'Inde entouraient la maison, sauf contre la façade nord qui était sans fenêtres. Des coquelicots de Californie et des lys blancs fleurissaient partout en pleine terre entre les amandiers vrillés par le vent. Un peu plus loin une vigne vierge et des grappes de roses pourpres s'accrochaient au crépi lézardé d'un pigeonnier.

Ils passèrent devant un hangar où dormaient dans la poussière de vieilles charrues, des herses, un tracteur fané, des piles de cageots vides et des fagots d'oignons. Des rouleaux de ficelle, de raphia et de fil de fer pendaient le long des poutres.

Le petit homme descendit de l'arbre et s'approcha.

« Tu as faim, Lili ? lui demanda-t-elle en souriant. Je te présente Antoine, le papa de la petite Marie. »

Lili ne sut que dire, il fit « Ah » puis regarda ses pieds. Il était plus petit et menu que sa fille. Ses yeux avaient pétillé d'enfance.

« Vous restez avec nous, Antoine, je vais bien trouver quelque chose de bon à vous faire manger.

— On pourrait faire une petite soupe de Floraline », dit Lili.

Camille éclata de rire.

« Il mange de la soupe de Floraline tous les soirs, été comme hiver, c'est ce qu'il aime le plus avec un peu de bouillon Kub et du parmesan râpé... Nous avons un invité, Lili !

— Moi aussi j'adore ça, dit Antoine, on en mange souvent avec Marie, je ne sais pas cuisiner.

— Va pour la soupe, il doit y avoir aussi un reste de pintade. »

Durant tout le repas Lili parla des fraisiers et des artichauts qu'il avait plantés sur ces quelques hectares autour de la maison depuis la fin de la guerre, lorsqu'il avait abandonné son métier de cordonnier parce que les chaussures à la machine avaient tué le travail à la main. « Ça nous a nourris tous les trois, maintenant Camille a son métier et moi je ne suis pas bien gros. »

Antoine pensa que la mère devait être morte, ce n'était pas le genre de gens chez qui l'on se quitte un jour. Il remarqua aussi avec quelle douceur Camille écoutait les paroles de son père entendues sans doute mille fois. La même douceur qu'elle avait eue pour s'adresser à lui devant l'école et prendre sa tête dans ses mains pour la serrer sur son ventre. Il sentit sur sa peau la caresse apaisante de cette tendresse, de cet endroit si calme. Il lui sembla que cette femme était comme un mouvement très léger de piano, peut-être du Chopin, mais il connaissait mal la musique.

« Si vous voulez vous pouvez dormir ici, j'ai un petit divan dans mon bureau, lui dit-elle. Je vous raccompagnerai demain matin, c'est mon dernier jour d'école avant les grandes vacances.

– Merci, il faut que j'écoute mon répondeur. »

Ils firent encore quelques pas dans le jardin, un arrosoir à la main, puis elle le raccompagna. Juste avant de descendre de voiture il lui dit :

« Si je la retrouve j'irai habiter avec elle dans une petite maison près de chez vous. J'arrêterai mon métier et je planterai des fraisiers, et Marie n'ira plus à l'école, je la garderai toujours avec moi. »

Elle eut envie de se tourner vers lui pour l'embrasser sur la joue mais ses yeux étaient noyés de larmes.

Le lendemain ses pas le menèrent devant l'académie de billard, rue Pavillon. Il entra. La salle immense formait un L. Sous les lampes, tout semblait luxueux comme le fond de la mer. Presque toutes les tables étaient prises. Une dizaine de machines électroniques clignotaient contre un mur.

Antoine s'avança. Il distingua tout au fond, derrière les silhouettes qui se déplaçaient une queue à la main puis se cassaient en deux, la table de poker. Il reconnut son ami parmi les huit hommes. Jacky avait repéré Antoine dès son entrée. Bien que très concentré sur les cartes qui circulaient à grande vitesse, ses yeux ne quittaient pas la porte vitrée de la salle.

Il se dressa, fit signe à quelqu'un de le remplacer. Prenant Antoine par les épaules, il l'entraîna vers le comptoir. Il commanda deux Vittel.

« Du nouveau ? »

Antoine souleva les épaules et les sourcils.

« Je suis passé deux ou trois fois à l'Évêché. Il n'y a plus que toi, Jacky. Je vais crever. »

Le voyou avala une gorgée d'eau fraîche en observant quelques clients qui jouaient à la passe anglaise sur le tapis d'un billard sans trous. « Viens, dit-il, on va marcher un peu. »

La chaleur faisait fondre la ville. Seules les boutiques côté ombre servaient de refuge aux touristes qui avançaient la bouche grande ouverte, avalant des morceaux de fournaise. Celles d'en face flambaient, les mannequins y fanaient en quelques heures.

Cinq gouttes de bronze tombèrent du clocher des Accoules à l'instant où ils débouchaient sur le parvis de l'opéra.

« Cristal ! » entendirent-ils. Ils se retournèrent.

Une prostituée courait vers eux comme un flamant bleu. Elle traînait derrière elle un caniche nain bleu. Cristal la reçut dans ses bras.

« Tania !… il fait pas un temps à mettre une pute dehors !

– Deux heures que je poireaute, pas un seul client, même leurs queues fondent. »

Tania était bleue. Robe bleue, rouge à lèvres bleu, escarpins et sac bleus, cheveux et caniche bleus. Soudain elle aperçut Antoine. Elle lui sauta au cou, étranglant un peu plus le caniche nain.

« Ça alors ! s'exclama-t-elle. Au moins vingt ans que je ne vous avais pas vus ensemble… Antoine et Cristal, les inséparables. Quel événement !… Je suis trempée de sueur jusqu'au dernier poil mais ça valait la peine d'attendre. Mes plus beaux clients du jour c'est vous ! J'ai un peu oublié mais si ça se trouve c'est vous qui m'avez dépucelée un soir de bringue. Ça se fête ! Je vous offre une coupette glacée au *Rex*. »

Les prenant chacun par la taille, elle les entraîna. Depuis vingt ans qu'elle tournait en bleu autour de l'opéra, Martine était devenue Tania. Pour tout Marseille c'était la Pute Bleue. La favorite des supporters de l'O.M. Les plus givrés montaient avec elle la veille des matchs à haut risque ou se contentaient de venir caresser le caniche car ils n'avaient pas le courage de lui mettre la main au cul. Une mascotte sur talons aiguilles. Elle avait toujours tiré derrière elle un caniche nain. Si ses yeux avaient conservé leur innocence, ses joues étaient plus creusées que les rues Saint-Saëns, Molière et Lully.

Ils s'installèrent au fond de la salle. Tania commanda une bouteille « cuvée Diamant » et trois coupes.

« En souvenir de tous les concours de bop que nous avons gagnés tous les trois au *Soupirail*, à *La Licorne* et au *Corsaire borgne*. Pour rafler les magnums on était les meilleurs ! Je passais de l'un à l'autre sans m'en rendre compte, toujours en petits pas sautés… »

Son regard s'accrocha trois secondes au visage carbonisé d'Antoine. Sa joie hésita.

« Dis donc, c'est Cristal qui s'est mangé dix ans et c'est toi qui ressembles à un bagnard…

– On a kidnappé sa fille », dit calmement le voyou en remplissant les coupes.

La joie n'hésita plus.

Durant quelques instants ils entendirent le bruit des dés qui roulaient sur le comptoir, le rire anisé de quelques clients et la trompette de Miles Davis.

« Dis-moi qu'il plaisante ? »

Les yeux de Tania fouillaient ceux d'Antoine. En une seconde chacun de ses traits s'était effondré un peu plus, vingt ans de trottoir s'accrochaient à sa bouche, ses joues. Antoine baissa la tête.

« Il ne plaisante pas. »

Jacky tendit une coupe.

« On va boire à la vie de ta fille, à sa force. Je suis persuadé que nous pouvons la retrouver. Toi, Tania, tu vas nous aider. Le monde de la nuit tu le connais mieux que moi, mieux que n'importe qui dans cette ville. Il y a si longtemps que tu vis dans la rue, tu y es née. Tout ce qui est tordu chez l'homme tu l'as observé. Une chance que nous t'ayons rencontrée. »

En quelques mots il raconta l'histoire depuis ce dernier jour d'école.

« Mon pauvre Antoine, balbutia Tania la gorge écrasée, je croyais avoir tout vu, tout entendu, ça tombe juste sur toi, le plus doux des hommes. À chaque heure du jour je vais te la chercher ta fille, Jacky a raison on va la retrouver. »

Elle serrait dans ses mains celles d'Antoine. Des larmes silencieuses rayaient son visage comme elles avaient marqué celui de Camille Ferréol.

« Une voiture noire, une femme…, répéta-t-elle songeuse. Quand les femmes sont criminelles, elles le sont jusqu'au bout des ongles, elles ne font pas comme les hommes les choses à moitié. Une femme qui enlève une enfant c'est encore plus monstrueux. C'est inimaginable… Ça veut dire en tout cas que nous avons affaire à un réseau.

— Ce genre de réseau existe à Marseille ? demanda Jacky.

— Comme partout. Il y a de plus en plus de tarés qui réclament des films pornographiques où l'on prostitue des enfants. Aujourd'hui tout est permis, faire l'amour dans toutes les positions à trois, quatre ou dix, c'est devenu banal, banal de prêter son partenaire dans un jardin public, une gare ou les toilettes d'un restaurant, banal de se faire fouetter par le mari devant l'amant. Violer un enfant ou assister au viol reste le seul interdit, c'est la perversion des perversions. J'ai entendu dire que des gens payaient jusqu'à cent mille balles des cassettes extrêmes où la vie de l'enfant… Je crois qu'ils appellent ça des *snuff-movies*. Ça veut dire un marché énorme, un marché destiné à des gens pleins aux as qui ont tout essayé. Seule l'horreur les excite. Les pauvres types violent leur fille sans trop s'en rendre compte, le jour où ils sont bourrés. Je crois que nous allons nous attaquer au monde des puissants, chefs d'entreprise, magistrats, hommes politiques, gros commerçants, pourquoi pas des curés. L'argent et la loi c'est eux.

— Tu penses qu'ils lui ont fait passer la frontière ? interrompit Jacky.

— Si c'est le cas… Il vaudrait mieux que la piste ne s'éloigne pas trop. Dans les pays où on crève de faim les enfants se vendent à la pelle pour une bouchée de riz, ce sont des proies trop faciles. Les pédophiles d'ici ne se contentent plus de peaux sombres ou d'yeux bridés, ils veulent des enfants qui leur ressemblent, des enfants d'ici. Du vrai viol, pas de la chair soumise… Excuse-moi, Antoine, si on n'attrape pas ce qu'il t'arrive à pleines mains on n'avancera pas. Je vais mettre au parfum mes deux ou trois copines. On tapine ensemble depuis tellement d'années, peu de chose nous échappe à Marseille, de la fausse monnaie au trafic de dope en passant par le labyrinthe du sexe. À une pute on dit tout.

— Qu'est-ce qu'on peut faire Jacky et moi ? demanda Antoine. J'ai essayé d'attendre près de mon téléphone comme me le demandait la police, je suis devenu à moitié fou. Une heure de sommeil c'est une heure de perdue pour ma fille. Si je dors j'accepte sa mort.

— Tu es le seul à pouvoir reconnaître ta fille en un clin d'œil. Ces cassettes vidéo sont tournées en trois jours et aussitôt jetées sur le marché. Pénètre ce milieu. Jacky est trop connu, trop craint, il ferait s'envoler tous les perdreaux sur son passage. Toi tu peux circuler d'un sex-shop à l'autre, il doit y en avoir cinq ou six sur Marseille.

C'est par là qu'il faut commencer. Essaie de voir le plus de cassettes possible, paie le prix, aie toujours l'air honteux, un peu sournois. Même si ta fille n'apparaît que sur une seule image tu la reconnaîtras.

— Si je ne voyais que son pied je le reconnaîtrais, je reconnaîtrais son souffle. Il y a sept ans que je la regarde vivre et que je l'écoute dormir. J'ai l'impression qu'elle a grossi dans mon ventre, qu'elle a tété ma chair et qu'elle y est encore. Jour et nuit je sens battre son petit corps, là. »

Il plaqua sa main sur son ventre.

Tania chercha à s'agripper au regard de Cristal.

« Même sans ta fille, va dormir, Antoine, et attaque dès demain. Tous les sex-shops sont groupés autour du Vieux Port et de la Canebière. Ah, une chose encore, ne demande pas tout de suite des films avec des enfants, tu éveillerais les soupçons. Je te le répète, c'est la seule chose à peu près interdite. Ils se méfient des clients inconnus. Fais-toi passer pour un sado-maso, c'est un peu le même milieu… Si vous voulez me trouver je n'ai pas besoin de vous faire un plan, faites les trois rues et venez ici, c'est ma cantine. Dès que je tiens la moindre piste je passe au billard. »

Comme elle s'était jetée à leur cou, elle disparut dans son jardin de goudron. Un flamant bleu traînant un caniche de la même couleur.

Ils la regardèrent s'éloigner. Malgré vingt ans de fatigue et de trottoir, ses jambes minces accrochaient toujours la lumière de chaque étoile, de tous les néons et de ce soleil forgé au plus profond des enfers.

« Viens, dit Cristal à son ami, je vais te montrer quelque chose. Les événements peuvent s'accélérer d'une minute à l'autre, je crois que nous avons frappé à la bonne porte. »

Ils récupérèrent l'Audi gris métallisé, quittèrent le centre-ville et grimpèrent vers les hauteurs de Saint-Antoine. Jacky passa devant l'hôpital Nord et plongea par d'étroites ruelles dans un quartier qui ressemblait à un village. Les maisons n'y étaient pas plus grandes que des cabanons ; deux pièces aux volets verts sous quelques tuiles plates et cinquante mètres carrés de jardin où séchait du linge.

Jacky gara l'Audi dans une rue presque verticale. La chaleur était ici moins suffocante qu'en ville. Plus d'air, ces petits jardins, le linge. Après avoir vérifié d'un coup d'œil que personne ne les avait suivis ni ne les observait, à l'aide d'une petite clé qu'il avait prise dans la boîte à gants, il ouvrit et souleva la porte en fer d'un garage qui

servait de soubassement à l'un de ces cabanons qui esca-
ladaient par paliers la colline.

Ils y entrèrent. Jacky referma sur eux le panneau
métallique et alluma l'électricité. Une voiture jaune de la
poste et une Honda bleue 1100 occupaient une bonne
partie du local. Des cantines militaires vert-de-gris couraient le long des murs. Le truand en ouvrit une.

« Je te connais, tu vas tourner comme une bête dans
les jours qui viennent autour de ces sex-shops, je vais te
donner une clé du garage. Regarde, là-dedans il y a tout
ce qu'il faut pour changer de visage. »

Il tira de la malle deux poignées de perruques, fausses
moustaches, lunettes, casquettes et autres postiches.

« Tu as une glace et un lavabo au fond.

– Tu fais du théâtre ? » demanda Antoine éberlué.

Cristal éclata de rire.

« Je fais mon métier, le seul que je connaisse depuis
l'âge de quinze ans. Du théâtre je ne sais pas, du cinéma
sans doute. Tous les voyous aiment le cinéma. Nous
sommes comme des enfants, nos jeux sont de plus en
plus dangereux. »

Il souleva l'un après l'autre les couvercles de chaque
cantine en annonçant la couleur.

« Roquettes antichars… Fusils d'assaut… Grenades
offensives… Gilets pare-balles… Gyrophares… Scan-
ners… Calibres et chargeurs… Permis de conduire…

Plaques d'immatriculation… Jumelles infrarouges auto-focus… Cagoules… »

Antoine le suivait, estomaqué.

« Et la voiture ? articula-t-il.

– C'est une vraie, volée à tes employeurs, le genre de véhicule passe-partout… Tiens, prends ce pistolet, tu vas devoir nager dans des eaux grasses, c'est un petit Beretta calibre 22 qui se glisse n'importe où. Je vais te remplir deux chargeurs avec balles explosives. Ne le prends avec toi qu'en cas de danger, c'est une arme redoutable malgré ses apparences, une arme de tueur. Si possible, préviens-moi avant. Tu sais t'en servir ?… Tu enclenches ton chargeur et tu fais jouer la culasse ; une balle vient se loger dans le canon, prête à partir. N'oublie pas la sécurité ici sur le côté. Pour tirer tu n'as qu'à la faire glisser vers le bas avec ton pouce, comme ceci. »

Il accomplissait ces gestes avec une précision de chirurgien. C'était une petite arme métallisée à crosse noire. Antoine restait planté bouche grande ouverte. Il regardait son ami introduire les balles spéciales dans les chargeurs. Brusquement il reçut dans sa main l'acier froid de ce joyau funèbre. Un immense bien-être monta en lui. Il se rapprochait de sa fille.

Ils refermèrent le garage.

« Prends cette clé. Où es-tu garé ?

– Pas loin du billard. »

En descendant la Viste, Jacky glissa une nouvelle liasse de billets dans la chemise de son ami.

« Pour les cassettes. »

Antoine esquissa un mouvement de révolte. Cristal appuya si brutalement sur l'accélérateur qu'il fut plaqué sur son siège.

Dès qu'il fut chez lui, Antoine prit un chiffon sous l'évier et astiqua tous les meubles. Il passa l'aspirateur partout, secoua le tapis du salon par la fenêtre et fit tourner une énorme machine de linge. Le col de toutes ses chemises en jean était noir de pollution et de sueur. Il n'arrosa pas les plantes vertes ni les géraniums, ils étaient morts depuis le début de l'été. Tania avait ramené la lumière. Marie allait revenir.

Il se doucha, plongea sur son lit et s'endormit comme une enclume. Deux heures plus tard il était assis dans son lit.

Il se leva, prépara une cafetière de café très fort et commença à tourner dans l'appartement. Les sex-shops ne devaient pas ouvrir avant neuf ou dix heures du matin. Le ciel, malgré une pluie d'étoiles, était d'encre.

Une fois de plus il regarda les photos de Marie fixées sur le frigidaire. Il décrocha une carte postale représentant la place Saint-Marc, elle la lui avait envoyée au printemps lors de son premier voyage scolaire. Leur première séparation. Cinq journées interminables. Il la retourna et lut les petites phrases adorables qu'il connaissait par cœur :

« Je suis à Venise, on s'amuse bien. Je t'ai acheté un cadeau. On est allé voir les pigeons. On a acheté des graines. Les pigeons sont montés sur mes mains. J'ai eu un pigeon sur la tête et j'ai eu très beaucoup peur. Je t'embrasse mon papa chéri. »

La carte serrée dans sa main, il tourna jusqu'à ce que le ciel pâlisse.

Il vida la cafetière et se souvint des nuits d'été pareilles à celle-ci. Avec Marie ils préparaient un casse-croûte, un thermos de café, et partaient pêcher le poulpe sur la jetée de L'Estaque ou sous le pont de la Fausse-Monnaie. Il avait fabriqué un appât étrange, un morceau de planche grand comme la main lesté d'un gros plomb sur lequel il fixait une patte de poule et trois énormes hameçons. Le poulpe s'approchait, enroulait ses tentacules autour du morceau de bois, commençait à manger la patte, et d'un coup sec on le ferrait. Le vrai plaisir d'Antoine était d'observer l'affolement joyeux de la fillette lorsqu'elle tirait toute seule hors de l'eau la petite pieuvre. Ses cris merveilleux de victoire et d'effroi. Leurs plus belles nuits d'été sur les roches blanches de Marseille, seuls tous les deux face à la mer sans limites où dansaient les étoiles.

Quand le soleil alluma les tuiles de l'autre côté de la rue, Antoine déposa le petit Beretta dans le tiroir d'une commode au milieu d'un fouillis de caleçons et chaussettes, glissa dans sa poche le poussin jaune et sortit.

Il gara sa voiture dans une avenue calme et mouillée. Marseille s'éveillait sous un ciel de lait.

Il but un café au comptoir du *Contemporain*, le petit bistrot qui fait face à l'Eros Center, aux tout premiers numéros du boulevard Garibaldi, à quelques mètres d'une Canebière où ronflait déjà le sang pollué de la ville.

À neuf heures pile, un homme jeune qui avait bu son café près de lui en bavardant avec le patron traversa le boulevard et ouvrit le sex-shop.

Antoine attendit que les premiers clients y pénètrent. À cette heure déjà, les hommes avaient un sexe.

Il écarta un rideau noir et entra. Derrière la caisse le jeune homme lui jeta un coup d'œil sans cesser de remplir un casier de pièces de dix francs.

Antoine tripota quelques revues, fit le tour des vitrines. Des centaines de godemichés et vibros en latex dressaient leurs têtes enflées vers le plafond. Un régiment de latex au garde à vous. Un régiment où se coudoyaient des géants et des nains. Noirs, ivoire ou rose bonbon. Au fond de la boutique une vitrine spéciale illuminée de bleu présentait sur du satin des fouets, martinets et cravaches, des colliers cloutés, bracelets de fer, chaînes et sous-vêtements de cuir noir. Les murs partout ailleurs étaient tapissés de cassettes pornographiques : femmes à genoux, bouche ouverte, seins tendus ou debout, jambes et fesses écartées, offertes devant des hommes robustes. Beaucoup de femmes blondes, d'hommes aux muscles sombres.

Antoine n'était entré dans ce genre d'endroit que deux ou trois fois avec des copains du quartier bien des années plus tôt, en sortant surexcités d'une boîte de nuit où ils avaient embrassé sans les voir des jeunes filles trempées de sueur qui ne laissaient caresser que leurs seins en mâchant du chewing-gum.

Discrètement il observa le manège des clients. Presque tous choisissaient une cassette, allaient à la caisse en donner le numéro, payaient et grimpaient à l'étage. Il choisit un numéro au hasard, paya quarante francs et monta.

Il s'enferma dans l'une des vingt cabines. Il ne s'installa pas sur la banquette grise à deux places. Pendant quelques instants il laissa défiler sans le son les images sur le téléviseur protégé par une vitre épaisse. À l'aide d'une télécommande fixée au mur il accéléra les scènes. Film hétéro banal. Des hommes échangeaient leurs femmes en buvant du champagne avant le bouquet final où tout le monde faisait jouir tout le monde dans l'immense escalier d'un château. Rien qui ressemblât à une enfant, à un adolescent.

Il se retrouva sur le trottoir que le soleil avait séché. La lumière blessa ses yeux. Deux lycéennes qui passaient cartable sur le dos le virent sortir de là. Elles se regardèrent et pouffèrent. Gêné, Antoine se noya dans la foule.

Il se dirigea vers l'opéra. Rue Corneille, il pénétra dans un autre sex-shop semblable au précédent. Il y fit à peu près les mêmes gestes. Il feuilleta, observa, loua une cabine où il regarda un film plus pervers. Il l'avait choisi dans un rayon spécial en se souvenant des paroles de Tania : « Fais-toi passer pour un sado-maso, c'est un peu le même milieu. »

Pas d'adolescents ni d'enfants toutefois dans ce film. Il poursuivit sa quête vers d'autres quartiers, d'autres corps dénudés tordus par le plaisir ou sa simulation.

À part une omelette dans une demi-baguette de pain et une bière avalées à la hâte entre deux sex-shops, jusqu'à une heure du matin Antoine n'arrêta pas de tourner. Il les fit tous. Sept au total dans tout Marseille, à quelques centaines de mètres de distance les uns des autres. Le sexe aime les ports.

La tête d'Antoine était près d'exploser. Des centaines d'hommes et de femmes venaient de s'y contorsionner, de s'y mélanger à l'affût du plaisir dans des positions et des lieux insensés. Et sur ces millions d'images qui dansaient encore devant ses yeux il n'avait pas entrevu l'ombre d'un seul enfant.

Le petit poussin jaune de Marie serré dans sa main, les yeux incandescents, il s'effondra dans sa voiture. Dès que son front toucha le volant il s'endormit.

Des centaines de sexes dressés, pénétrés, léchés, engloutis, écartelés. Le sien n'avait pas remué. Il n'avait vu qu'une forêt de corps balayés par un souffle monstrueux. Dans cette forêt il n'y avait pas Marie.

Pendant douze jours et douze nuits Antoine plongea corps et âme dans l'univers immense et enfoui du sexe. Ce qu'il fit durant ces jours aucun policier, fût-il le meilleur, n'eût réussi à le faire. Sans éveiller le moindre soupçon, tel un très ordinaire amateur de pornographie, il observa, scruta, flaira, tendit l'oreille à travers chaque cloison. Il avança comme une ombre parmi les ombres dans des couloirs étroits où hurlait le sexe. Il côtoya ce peuple halluciné qui déambule sans fin dans le noir à la recherche d'un mirage. Il frôla lesbiennes, sadomasos, travestis, échangistes, pervers et détraqués, couples de fortune qui s'engouffrent là entre midi et deux, à la sauvette, patron et secrétaire, cadres en colloque, s'enfermer dans une cabine et dévorer en cinq minutes un corps interdit. Bons pères de famille qui viennent demander à l'image ce qu'ils n'osent plus depuis vingt ans demander à la mère de leurs enfants. Beaucoup de couples d'un instant, d'homosexuels solitaires. Il remarqua que les femmes sortaient toujours les premières, quelques minutes avant l'homme de hasard.

Rien ne lui échappa de cette valse secrète de somnambules. Le moindre détail se grava dans sa mémoire de facteur et dans son cœur de père.

Il concentra son attention sur les cassettes. Les sociétés de distribution étaient pour la plupart allemandes, hollandaises et françaises. Les temps changeaient, les modes aussi. Les clients ne se satisfaisaient plus dans ces films de pénétrations dites normales, seules les plus brûlantes scènes anales les attisaient. Ce mot magique bondissait d'une bouche à l'autre et semblait à lui seul soulever des montagnes de désir et d'argent.

Rien ne lui échappa. Il absorba le moindre détail, nota chaque indice. Il se fondait dans cette foule honteuse et avide. Il fut étonné de voir les kilos d'aphrodisiaques qui se vendaient chaque jour. Les hommes perdaient confiance. Les menottes partaient comme des petits pains. Était-il plus rassurant de jouir d'un partenaire attaché ?

Dès cinq heures du soir ces lieux se remplissaient d'hommes qui avaient attendu tout le jour cet instant hypnotique. Il descendit dans d'anciennes caves transformées en royaume du plaisir. Des salles enfumées où se croisaient des silhouettes à l'affût, des silhouettes tendues, guetteuses, des silhouettes aux gestes furtifs qui se noyaient dans des puits d'ombre. Des caves où gémissaient des fauteuils de velours laqués de sperme et défoncés.

Il s'avança dans ces dédales parmi des regards brûlés de désir. La lumière des écrans où des sexes géants se dressaient venait plaquer sur ces visages tirés de la nuit des grimaces de convoitise.

La foule qui se pressait sur les trottoirs dix mètres plus haut, soucieuse et éreintée, ne pouvait imaginer quel brasier vivait là-dessous.

Septembre est un mois de lumière et de couleurs. Pour Antoine ce fut celui d'un étrange ballet d'ombres chinoises dans les entrailles de la ville.

Pendant douze jours il regarda danser le sexe. Pas une seule seconde il n'en fut troublé.

Douze jours de plus sans Marie.

Le lendemain soir peu après minuit, il revint chez lui, voûté de fatigue, écœuré de sexe.

Il n'avait pas fini d'ouvrir sa porte qu'une longue voiture grise glissa en silence le long du trottoir. Antoine se retourna. La vitre avant de la voiture se baissa et une tête bleue apparut. Son cœur sauta. Il n'eut pas le temps d'avoir vraiment peur, Tania éclatait de rire. Sur ses genoux le caniche bleu dansait. Jacky était au volant, il lui fit signe de monter.

Antoine s'installa derrière et l'Audi repartit lentement.

« On te guettait depuis un moment, dit Jacky les yeux dans le rétroviseur. Tu as quelque chose ?

— Rien du tout, j'ai vu plus de sexe en quelques jours qu'un gynécologue dans toute sa vie. Pas un seul enfant.

— Tania est venue me voir tout à l'heure au billard, elle tient peut-être quelque chose. Explique-lui. »

Elle pivota sur son siège. Le caniche se mit à bondir jusqu'au plafond.

« J'ai un peu parlé autour de moi depuis l'autre jour, discrètement, mais je connais du monde. Tout à l'heure un travelo est venu me voir, je le connais depuis vingt ans. Tu es allé jeter un coup d'œil au sex-shop de la rue Curiol ?

— Moins qu'ailleurs, c'est un mouchoir de poche. Un type tout seul qui fait tourner deux ou trois cabines au sous-sol.

— Un type tout seul comme tu dis. Mon travelo a travaillé longtemps rue Curiol, dans un meublé tenu par Nick l'Arménien, un vieux de la vieille, l'un des premiers lieutenants de Zampa. Tout se sait un jour ou l'autre dans ce milieu, d'après mon travelo ce type tout seul se gave entre autres avec des cassettes qui montrent des enfants. Une toute petite clientèle friquée, noyée dans la masse des frustrés, qui vient là depuis des années. Une poignée de notables qui ne regardent pas le prix pourvu que la chair soit très fraîche. »

Antoine était sans voix. Il n'avait rien remarqué, dans le va-et-vient furtif, presque silencieux de ce genre d'endroit. L'Audi continuait à tourner lentement autour du quartier, le caniche bleu à sauter. Tania lui balança une claque dans la gueule. Sans un son il se tapit à ses pieds.

« Tu vas te concentrer là-dessus, dit Jacky à son ami, toujours dans le rétroviseur, je crois que c'est une piste, la rue Curiol a toujours rempli ses ruisseaux d'eaux très troubles. On passait tous les trois notre vie au soupirail que c'était déjà la rue des travelos. Vous vous souvenez le *Ciné Bar*, *Le Petit Coq* ? Toutes les folles de Marseille étaient là à piailler en s'arrachant les cheveux du soir au matin. L'époque de Francis Grosse Tête. On taillait l'école tous les jours… Redouble de prudence, n'hésite pas à aller où tu sais changer un peu de tronche. Plus c'est petit, plus tu seras repéré. Je vais envoyer un de mes amis qui connaît la musique, je l'ai rencontré aux Baumettes, ici il est inconnu, c'est un Lyonnais. Pas la peine de te le répéter tu as mon numéro, je suis au billard. Je préfère que tu viennes. »

La voiture se gara devant la maison d'Antoine et le caniche bleu se remit à faire le yo-yo.

« J'allais oublier, dit Tania alors qu'Antoine sortait déjà de la voiture, il paraît qu'ils ont un code, un mot de passe, le travelo m'a parlé d'un nom de fleur mais il ne sait plus laquelle.

— Un nom de fleur... Tu es sûre de ton travelo ? demanda Antoine.

— Je lui ai rendu un gros service quand il était menacé. Il est folle mais pas fou. »

Antoine fit claquer la portière et demeura perplexe sous la nuit.

Il remit dans sa poche la clef de sa maison et remonta dans sa voiture sans l'avoir décidé. Un nom de fleur...

Cinq minutes plus tard il se garait rue Curiol. L'*X sexline* était fermé. Personne aux fenêtres ni sur les trottoirs. Il souleva le couvercle de la poubelle et fouilla. Il n'en tira que des vieux magazines et des emballages de cassettes broyés. Tout était réduit en miettes. Ce n'était pas la première poubelle qu'il faisait, ce genre de boutique était tenue de posséder un broyeur.

Il grimpa et descendit une dizaine de fois la rue avant

d'aller s'asseoir dans sa voiture où il ne s'endormit pas. Si le travelo n'inventait pas, cette piste était la première.

Pendant une semaine Antoine vécut dans cette rue. À plusieurs reprises il utilisa le garage de Jacky à Saint-Antoine pour changer de visage : barbes, lunettes, casquettes et même vêtements. Il prit tous ses repas à l'*Asia fast-food*, qui faisait presque face à l'*X sex-line*. Il s'installait contre la vitre et observait, baguettes à la main. Afin de ne pas se faire remarquer il avala des kilos de nems, rouleaux de printemps, crabes, crevettes au caramel et autre animal laqué ou au gingembre. Il vomit deux fois dans le ruisseau entre deux voitures.

Le patron du *X sex-line* y venait lui aussi chaque jour chercher des plats qu'il avalait derrière sa caisse en surveillant la boutique. C'était un homme banal qui portait des lunettes à monture métallique, des chemises à carreaux et deux touffes de poils gris de chaque côté du crâne ; une peau bleuie par les néons, la cinquantaine pas très glorieuse. Ni gros ni petit, banal. Banal comme tous les hommes qui soulevaient le rideau noir. Il se souvint que les femmes thaïlandaises nourrissaient les canards avec le sexe coupé de leur mari infidèle.

Avant d'attirer l'attention, Antoine adopta un autre personnage qui allait lui permettre de vivre jour et nuit dans les parages. Un matin il devint clochard. Il arriva rue Curiol affublé d'un pantalon de laine beaucoup trop grand pour lui, d'un tee-shirt taché de graisse, d'une capote, d'une musette militaire et d'un passe-montagne. Ses pieds étaient nus dans des savates, sa barbe de huit jours parfaite.

Il s'installa à une dizaine de mètres du *X sex-line*, devant la vitrine poussiéreuse d'un magasin fermé depuis longtemps. Il commença à boire du rouge à la bouteille. Les commerçants du quartier ne furent pas enchantés. Il semblait trop discret pour qu'on appelle la police.

Le soir même une dame lui apporta de la soupe. Sans s'en rendre compte il se remit à fumer. Depuis vingt ans il n'avait pas fait ce geste. Il n'en éprouva aucun plaisir. Il grilla tout de suite deux paquets par jour.

Il aurait aimé ne pas faire peur aux enfants mais les plus petits changeaient de trottoir en rentrant de l'école. Un homme l'insulta, un autre lui donna dix francs pour qu'il surveille sa voiture.

Toutes les rues qui montent sentent l'essence, celle-ci sentait aussi l'huile de friture et le patchouli. Il aimait ce parfum parce qu'il l'avait aimé à vingt ans. Des femmes serraient leur sac en passant devant lui, leurs talons claquaient sur le goudron comme l'aiguille des secondes dans une gare.

Tout ce que les clients jetaient sur le trottoir en sortant du sex-shop, Antoine le ramassait en parlant seul, sa bouteille à la main : titres de films griffonnés sur un morceau de papier, tickets jaunes de location de cabine, quelques numéros de téléphone, une ou deux adresses, diverses marques d'objets, d'aphrodisiaques…

Il guetta surtout les hommes élégamment vêtus. Certains garaient à proximité des voitures luxueuses. Ceux-ci prenaient beaucoup plus de précautions. Ils passaient et repassaient plusieurs fois avant de s'engouffrer derrière le rideau noir.

Antoine ressemblait à ce qu'il était devenu, un homme détruit. Il se dit que s'il ne retrouvait pas Marie il resterait là, à boire, à fumer, à attendre que le mistral de février l'achève.

2.

Monstres

Antoine aurait sûrement fini comme ça ou à l'extrémité silencieuse d'un port comme un cargo qui rouille, si le hasard ou la destinée n'en avaient décidé autrement. Le hasard et la destinée étaient-ils autre chose que la puissance incommensurable de l'amour que cet homme donnait à cette enfant depuis qu'elle avait vu le jour, sept ans plus tôt.

Le 8 octobre, peu après onze heures du soir, un homme sortit du sex-shop. Il se dirigea vers sa voiture garée un peu plus haut à l'angle de la rue de la bibliothèque. Antoine le suivait des yeux. L'homme, plutôt pressé, tira de sa poche les clefs du véhicule et Antoine crut apercevoir quelque chose de blanc tomber sur le trottoir.

Il laissa démarrer la voiture et s'approcha. C'était une feuille de carnet pliée en deux. Il la déplia et lut ces quelques mots écrits à la main sur les petits carreaux :

« Bouquets d'art floral : Roses géantes, camélias et bonsaïs. »

L'écriture était élégante et bleue, aussi délicate que ces fleurs.

Une lame traversa le ventre d'Antoine. Des fleurs… Le travelo avait parlé d'un mot de passe, d'un nom de fleur. Les lettres bleues dansèrent devant ses yeux.

Il partit comme un fou. Trois minutes plus tard il était rue Pavillon. Le videur du billard allait jeter dehors ce clochard égaré, luisant de sueur, lorsque Jacky Costello intervint. Une entrée aussi fracassante, cela ne pouvait être qu'important. Il commanda à la serveuse deux jus de fraise. Antoine mit sous son nez la page du carnet.

« Un type l'a laissée tomber en sortant du sex-shop, rue Curiol. »

Cristal relut plusieurs fois, observa l'écriture.

« Un type comment ?

— Je n'ai vu que son dos.

— Tu l'as suivi ?

— Il est monté dans sa voiture et il a filé. Je fixais le papier par terre, j'ai même pas vu la marque.

— Trois noms de fleurs… Viens, il faut retrouver le travelo. »

Ils sortirent. Tous les joueurs de billard et de cartes regardèrent le directeur artistique de l'académie ou plutôt le caïd s'éloigner avec ce clodo repoussant.

Ils firent le tour de l'opéra. Tania était au *Rex*, debout près du comptoir. Elle les aperçut, bondit vers eux. Elle portait une légère fourrure bleue sur son corps presque nu.

« Antoine ! s'exclama-t-elle, atterrée.

– C'est un déguisement, lui murmura Cristal en l'entraînant dans la ruelle. Il faut absolument qu'on voie ton travelo, regarde. »

Il lui tendit la feuille à petits carreaux.

« Antoine vient de trouver ça devant le sex-shop… Des fleurs. »

Elle se concentra à son tour sur l'élégante écriture.

« À l'heure qu'il est mon travelo peut aussi bien être à Pigalle, à Rio que deux rues à côté. Au moins une semaine que je ne l'ai pas vu. À votre place je foncerais.

– Je crois qu'on a pas le choix, c'est la première fois que nous avons quelque chose à nous mettre sous la dent. Il ferme à quelle heure ce sex-shop ?

– Une heure du matin », répondit Antoine.

Cristal jeta un coup d'œil à sa montre Cartier.

« On y va. À partir de maintenant, Tania, tu ne parles plus de cette histoire à personne. On te tiendra au courant. »

Ils la laissèrent plantée au milieu du trottoir, dans la flaque verte d'un néon de pharmacie qui se reflétait sur l'asphalte. Pensive mais point désemparée.

Jacky gara l'Audi à une cinquantaine de mètres de l'*X sex-line*.

« Quand il ferme sa boutique il va où ?

– Nulle part, il ferme de l'intérieur. La lumière s'éteint en bas et aussitôt la lumière du premier s'allume. Il habite juste au-dessus, ça communique. Il ne quitte jamais la rue. Il travaille seul, il mange seul, il vit seul.

– Je reste dans la voiture, trop de connaissances par ici. Toi tu ouvres l'œil, dès que le dernier client sort, fais-moi signe, enlève ton passe-montagne et ne t'occupe plus de rien.

– Qu'est-ce que tu comptes faire ?

– Improviser. On a une chance sur deux. Si on ne la tente pas, on n'en a aucune. C'est la chance de ta fille. La vie ne m'a pas appris grand-chose, sauf le moment exact où il faut foncer, quoi qu'il advienne. On y est. »

Antoine sortit de la voiture et remonta la rue. Comme chaque soir il s'assit en boule devant la vitrine poussiéreuse. Un œil sur le rideau noir, l'autre sur sa montre. À part deux ou trois travelos qui virevoltaient pour se séduire eux-mêmes un peu plus bas, personne.

Une heure moins dix. Antoine n'avait vu entrer qu'un seul client, il était encore à l'intérieur.

Un autre clochard qui traînait souvent par là, un vrai celui-là, qu'Antoine avait vu dormir dans un carton devant le lycée Thiers, remonta la rue en insultant la terre entière. Il se planta devant Antoine et l'insulta. Antoine ne broncha pas. Le clochard écarta les pans de son duffle-coat, sortit son sexe et pissa contre la vitrine. Le jet fut si puissant qu'Antoine en reçut sur l'oreille et la joue de piquantes éclaboussures. Il tenta d'écarter l'ivrogne d'un coup de pied. Celui-ci fit face, l'inondant d'urine. Antoine bondit, poussa violemment le clochard qui s'écroula entre deux voitures.

Antoine essuya son visage et ses mains avec la doublure de son manteau. Lorsqu'il tourna la tête, un homme descendait la rue, sorti de nulle part ou peut-être du sex-shop. Il jeta un coup d'œil à sa montre. Une heure pile. Le patron était sans doute déjà en train de fermer. Il jeta son passe-montagne.

Celui-ci n'avait pas touché le sol que Cristal était là. Il écarta le rideau et entra. Le papa de Marie lui emboîta le pas.

Le chauve à lunettes rangeait sa caisse. Il souleva à peine la tête.

« Terminé, je ferme ! » dit-il. Il aperçut Antoine. « Toi, fous-moi le camp d'ici, tu pues !

— Il est avec moi, dit calmement Jacky.

— Lui !

— Tous les goûts sont dans la nature », ajouta-t-il souriant.

À cette seconde le patron reconnut le célèbre voyou. Il ne l'avait vu qu'en photo dans les journaux. Son nom circulait dans les rues de Marseille, surtout depuis sa sortie de prison. Il demeura interloqué.

Jacky Costello tira de sa poche la feuille de carnet et la posa dépliée sur le petit comptoir, sans un mot.

Le chauve se pencha vers l'écriture bleue.

« Mais je ne suis pas fleuriste, monsieur.

— Est-ce que j'ai l'air d'une danseuse orientale ? »

Le patron ouvrit la bouche pour dire quelque chose ou rien. Jacky lui appliqua une claque retentissante qui la lui ferma d'un coup. L'homme alla s'écraser contre les rayonnages. Ses lunettes explosèrent. Une centaine de cassettes lui dégringolèrent dessus.

Cristal empoigna le chauve par le col et le souleva.

« Ferme la porte ! »

L'homme ouvrit un tiroir, prit une clef. Ses mains tremblaient, ses jambes aussi. Il s'exécuta. Le choc avait bouché ses deux oreilles.

Le voyou le ramena dans la boutique. D'un seul bras il l'arracha de terre et l'assit sur le comptoir.

« Je t'ai demandé un bouquet d'art floral, mon ami adore les fleurs, je ne te le redemanderai pas.

— Je comprends rien, monsieur Costello », bredouilla le chauve, soudain myope et terrorisé.

Il reçut sur l'oreille une gifle, du plat de la main, beaucoup plus assourdissante que la première. À nouveau il voltigea contre le mur et s'y aplatit avec fracas. Une nouvelle grêle pornographique martela son crâne.

Jacky le reprit par le col et brandit son énorme main droite.

« Là-haut ! hurla le chauve roulé en boule sous les étagères.

— Quoi là-haut ?

— Ce que vous cherchez. »

Cristal le traîna derrière lui jusqu'à l'escalier de fer qui grimpait en vrille à l'étage. Il le traîna aussi sur les marches. Maintenant le moindre muscle de l'homme tremblait. Ils débouchèrent dans un petit salon sans fenêtres, triste et vieillot.

« Où ? » dit Cristal.

Le patron du sex-shop, malgré son immense terreur, hésita.

Le regard de verre du jeune caïd lui traversa la tête.

« Derrière le frigo. »

Jacky le jeta dans la cuisine. L'homme leva les bras devant sa figure et tira vers lui le frigidaire, suffisamment pour pouvoir se glisser derrière. Il s'agenouilla, fit jouer un morceau de plinthe qui céda. Une cache creusée dans le bas du mur apparut : quarante centimètres de long sur dix de haut. Il en sortit une cassette et deux énormes liasses de billets de cinq cents francs.

« Mes économies, balbutia-t-il.

— Cherche mieux ! »

L'homme se pencha à nouveau, retira du fond du trou trois autres liasses.

« C'est tout ce que j'ai.

— Donne-les au clochard, il n'a plus rien. »

L'homme tendit les cinq liasses à Antoine. Chaque billet vibrait.

« Mets la cassette.

— Elle n'est pas à moi, on m'a dit de la garder, je sais pas ce que c'est.

— Mets la cassette !

— Oui, monsieur Costello. »

Il se précipita vers le magnétoscope du petit salon triste et vieillot. Il introduisit la cassette vidéo.

Quelques minutes suffirent aux deux amis pour comprendre qu'ils venaient de forcer la bonne porte. Sur l'écran ils virent d'abord une chambre meublée seulement d'une chaise et d'un lit. Les deux fenêtres étaient occultées par du plastique noir. Un homme entra poussant devant lui une enfant. L'enfant portait un masque, l'homme une cagoule. Il lui releva la jupe, lui baissa la culotte et la fessa avant de la pénétrer violemment par-devant puis par-derrière. Il n'avait enlevé que son pantalon, sa chemise pendait. Une longue cicatrice rayait de violet sa cuisse gauche de la pliure du genou jusqu'à la fesse. On entendait hurler la fillette.

« C'est elle ? » demanda Jacky.

Antoine était blanc comme un linge.

« Elle est plus petite, Marie. »

Sa voix était plus blanche que son visage.

Soudain il bondit sur le propriétaire du sex-shop, l'agrippa par ses deux touffes de cheveux et lui cogna plusieurs fois la tête contre le buffet en hurlant : « Où est ma fille ? Où est ma fille ? »

Jacky eut du mal à le lui arracher des mains.

« Pas ici, les voisins vont entendre. Va chercher la voiture. »

Il lui tendit les clefs.

Une minute plus tard Cristal mit la cassette dans sa poche, ferma la boutique en tenant le type par l'oreille et le poussa à l'arrière de l'Audi, où il monta aussi.

« Roule, dit-il à son ami.

– Où ?

– Je t'indiquerai. »

Ils quittèrent le centre-ville, longèrent le cimetière Saint-Pierre et prirent à gauche vers Saint-Jean-du-Désert.

Antoine faisait craquer les vitesses. Il brûla deux feux rouges et faillit passer sous un camion en traversant comme un dingue le boulevard Sakakini. Son corps tremblait autant que celui de l'homme que Cristal avait couché entre les sièges, la tête écrasée sous ses pieds.

Jacky le fit stopper au fond d'une impasse, devant un bâtiment surmonté d'un immense néon rouge *Pizza de Marseille*.

Le voyou attrapa le chauve par l'oreille et le tira jusqu'à une petite porte sur l'arrière du bâtiment. Il composa un numéro de code sur un cadran fixé au mur ; un panneau métallique s'ouvrit.

« Où tu vas ? demanda Antoine.

– J'ai monté cette boîte avec un copain, ici on sera tranquille, il n'y a plus personne depuis minuit. »

Ils entrèrent dans une vaste salle coupée en deux par une chaîne de production. Elle partait de la boulangerie et courait sur toute la longueur jusqu'à un double four. Des palettes étaient empilées contre un mur. Ils arrivèrent devant une énorme porte de fer.

« Déshabille-toi ! » ordonna Cristal.

L'homme ne savait plus ce qu'il lui arrivait, depuis quelques instants sa vie volait en éclats. Son oreille avait doublé de volume. Il hésita une seconde de trop. Il ne vit pas arriver la gifle. Il tourbillonna sur lui-même avant de s'écrouler contre les palettes. En un éclair il fut en caleçon.

« J'ai dit à poil. »

Le caleçon tomba seul. Le chauve plaqua ses mains sur son sexe.

« Ou tu craches tout, ou je t'enferme dans la chambre froide à moins trente. Qui filme ces horreurs ? Où sont enfermés les enfants ? Je veux tout savoir ou tu meurs.

— On m'a apporté cette cassette, je vous l'ai dit, monsieur Costello, c'est la première fois. »

Sans un mot de plus, Cristal ouvrit l'épaisse porte, poussa le chauve à l'intérieur de la chambre froide et verrouilla. Il régla le thermostat à moins quarante degrés.

« Ça va lui rafraîchir la mémoire.

— Ne le tue pas, dit Antoine, je suis sûr qu'il sait tout, je vais retrouver ma fille.

— Ne t'en fais pas, il peut tenir au moins trois heures là-dedans, il parlera avant. J'en connais de plus coriaces que lui qui se sont mis à table. »

Il ramassa les vêtements et en vida chaque poche. Cigarettes, briquet, mouchoir, boîte de Tic-Tac, stylo-bille, cure-dents, monnaie. Aucune adresse, aucun nom.

À l'intérieur de la chambre, la température polaire avait instantanément serré la gorge de l'homme. De minute en minute elle allait écraser ses poumons. Il demeurait pétrifié dans une obscurité totale et le bruit assourdissant des surpresseurs.

Au bout d'une demi-heure Antoine ne tint plus. Il avait terminé le paquet de Gitanes du chauve.

« Ouvre, Jacky, il va crever. Je préfère le tuer de mes mains mais qu'il parle. Donne-le-moi, il va parler. »

Le voyou posa son bras sur l'épaule de son ami.

« Fais-moi confiance, ça fait aussi partie de mon métier, quand j'ouvrirai il parlera. J'ouvrirai au plus fort de l'angoisse, juste avant que ce bloc de glace lui fasse perdre la mémoire et ses capacités intellectuelles. »

Un quart d'heure après, il déverrouilla la porte. Un souffle glacial s'échappa de la pièce. L'homme n'avait pas bougé d'un millimètre. Il était bleu. Cristal entra.

« Je t'écoute et tu sors, ou je referme définitivement. »

L'homme tenta de parler, aucun son ne franchit ses lèvres. Son corps semblait secoué par un marteau piqueur.

« Pau-le », articula-t-il.

Jacky le poussa dehors.

« Pau-le… Pau-le… »

Une atroce douleur broyait sa poitrine.

« Quoi Paule ?

— Les films… Ma-dame Pau-le.

— C'est bon, dit Cristal, il est mûr. »

Il ne pensait même plus à dissimuler son sexe plus bleu que tout le reste, violet, et presque entièrement recroquevillé sous les poils.

Il mit dix bonnes minutes à dire ce qu'il savait. Peu de chose et beaucoup.

Régulièrement, une femme qui se faisait appeler madame Paule venait au sex-shop apporter des cassettes semblables à celle qu'ils venaient de voir. Elle arrivait à pied juste avant neuf heures du matin, jamais en voiture. Elle encaissait et repartait. Une fois ou deux son portable avait sonné et le chauve avait surpris ces mots : « Impossible à l'Orchidée, chez vous. » Cela l'avait frappé. Encore une fleur.

« C'est bon, dit Jacky à son ami, il s'est déballé, on aura les détails à la maison. Allons-y. »

Il ramassa les vêtements de l'homme, le poussa devant lui et l'enferma dans le coffre de l'Audi après avoir fermé la porte de la petite usine artisanale qui flambait sous les lettres rouges géantes *Pizza de Marseille*.

Ils traversèrent la ville par des quartiers et des ruelles où ils étaient sûrs de ne pas rencontrer de patrouilles. Le dernier bar fermait à L'Estaque, le village d'Ensuès dormait profondément, La Redonne rêvait depuis belle lurette. La cuisine de Tony le pêcheur n'était pas encore éclairée. On entendait la mer s'engouffrer sourdement sous les blocs énormes de la jetée puis venir expirer sur les galets de la plage en un bruit de friture.

Jacky gara la voiture derrière sa maison où bondissaient de joie les trois molosses. Quand il ouvrit le coffre et qu'apparut la tête chauve, la surprise fut telle qu'ils faillirent le dévorer. Il eut du mal à contenir ses bêtes. Les tremblements de l'homme n'étaient pas seulement dus à la chambre obscure et sibérienne, l'épouvante lui sciait les boyaux.

Il l'empoigna de nouveau par l'oreille tuméfiée, l'extirpa et le traîna vers des escaliers qui descendaient sous la maison. Il ouvrit une porte et le jeta dans une cave presque vide où l'on tenait à peine debout. Il lui attacha les poignets avec une chaîne rivée à un anneau de fer scellé dans le mur.

Même Antoine était dépassé par la violence calme, implacable de cet ami d'enfance qu'il avait perdu de vue pendant vingt ans. Dépassé et comme heureux. Rassuré.

« Parle-nous un peu de cette madame Paule ? dit Cristal.

— Je vous l'ai dit, elle vient le matin, seule, je ne sais pas où elle habite. C'est elle qui m'a contacté il y a trois ans.

— Quel âge ?

— Pas plus de quarante. Grande, pas très belle de visage mais… comment dire, du chien. »

À l'évocation de cet animal, ses yeux égarés par l'effroi se tournèrent vers la porte de la cave et l'escalier.

« Quand elle vient elle porte toujours une perruque presque rouge et des tailleurs noirs.

— Une perruque ?

— Et des lunettes noires, de peur qu'on la reconnaisse.

— L'accent ?

— Pas d'accent, enfin… pas l'accent d'ici.

— Et pour l'Orchidée, tu as ta petite idée ?

— Non, monsieur Costello, j'avais besoin d'argent, le reste ne m'intéressait pas.

— Ça va te revenir avec les chiens. »

Cristal se retourna et siffla une seule fois, la langue entre ses dents. Les trois fauves bondirent dans la cave.

« Je vous jure, monsieur Costello ! hurla-t-il. C'est peut-être un hôtel, un restaurant, je vous jure ! »

Les trois chiens attendaient un signe de leur maître en grognant, les babines retroussées de colère sur des dents effrayantes.

Le chauve était tombé à la renverse, il protégeait son visage avec ses mains enchaînées. Son sexe avait disparu.

« Je vous ai tout dit, monsieur Costello, brailla-t-il, tout. Je m'en fous de ces gens, je veux pas mourir ! »

Ses nerfs lâchèrent et il se mit à bramer.

Jacky attrapa un seau qui avait dû servir à transporter du mortier et le jeta près de lui.

« Tu feras tes besoins là-dedans. Et pas un mot, sinon je les fais rentrer. »

Il fit signe à Antoine et ils se retirèrent, les chiens les suivirent. Il cadenassa la porte de la cave.

Ils se laissèrent tomber dans les fauteuils du salon.

« Qu'est-ce qu'on va faire de lui ? demanda Antoine.

— On va le laisser mariner en bas, il a son compte. Il peut encore nous dire des choses dont il ne se doute même pas. Si on le lâche, deux heures après ta fille est morte et tous les vautours envolés. Ils me craignent plus que la police. Avec ces gens il n'y a qu'une loi, la peur. Ici pas d'avocats, pas de relations en haut lieu, on a plus avancé en une heure que la police en trois mois. En prison ils se font massacrer, on les isole.

— C'est une femme en noir qui a enlevé Marie, il a dit que celle qui venait le voir portait des tailleurs noirs. »

Jacky sauta sur ses pieds.

« Je meurs de faim. Une omelette ?

– Je crois que j'ai une idée. Si l'Orchidée est une adresse, on a une chance de la retrouver par la poste. Tous les matins à partir de six heures il y a un appel dans chaque grand bureau. Toutes les adresses incomplètes ou mal foutues sont annoncées par le conducteur de travaux. Quand un facteur reconnaît le nom de l'impasse, de l'immeuble ou tout simplement le nom de quelqu'un, il prend la lettre pour sa tournée.

– Je crois qu'on la mérite cette omelette, trois œufs chacun et un petit bandol. Je vais t'embaucher Antoine, toi et moi on forme une équipe de fer, comme quand on était jeunes au quartier, tu te souviens ?

– C'est horrible ce qu'on a vu dans ce film, mais cette enfant était vivante, elle respirait. Jacky, je sens que je vais retrouver ma fille, mon bébé. »

Il éclata en sanglots.

Jacky dormit trois heures dans un fauteuil. Antoine regarda la cassette pendant trois heures. Dès qu'elle était finie il la remettait. Elle ne durait que vingt-six minutes. Il enregistra le moindre détail de la chambre, la tapisserie bleue avec ses massifs de fleurs roses, ses balustres et ses vasques blanches, la chaise paillée, les montants en fer du lit, les tomettes rouges du sol. L'allure de l'homme, sa corpulence, ses mains osseuses que l'on voyait souvent en gros plan. Pas d'alliance. Un homme solide, sec. À force d'observer le corps de cet homme, il eut la sensation de voir son visage à travers la cagoule. Il resta trois heures à genoux à moins d'un mètre de l'écran. Il portait encore ses hardes de clochard.

À six heures pile il commença à appeler les bureaux de poste dans chaque arrondissement. Il demandait le conducteur de travaux, expliquait qu'il était facteur aux Trois-Lucs et que l'adresse qu'il recherchait était une question de vie ou de mort. « Soyez discret, ajoutait-il, je compte sur vous, c'est la vie d'une enfant. » Il laissait son numéro. Jacky lui avait donné un portable dans lequel il avait inséré une carte d'abonnement vierge.

À sept heures tous les conducteurs de travaux de la ville avaient été joints. Jacky revint de la cuisine, un plateau dans les mains couvert de pain grillé, de beurre, de toutes sortes de confitures et d'une cafetière italienne fumante.

« Tu n'as pas dû dormir une seule minute, tu vas t'envoyer deux grands bols de café et une dizaine de tartines, les confitures je les ai faites moi-même, en prison on attrape aussi des manies de grand-mère. Avant je ne savais même pas me faire cuire un steak haché, maintenant j'ai envie d'élever mes propres vaches. Ensuite tu iras prendre une bonne douche et tu choisiras des vêtements dans ma chambre. Il a raison, le porc qui est dans la cave, tu pues. »

À huit heures et quart il y eut un premier appel. Un facteur avait parlé d'une galerie de peinture rue Sainte dont l'enseigne serait *L'Orchidée*.

Quelques secondes plus tard un autre conducteur de travaux appela. *L'Orchidée* était une boutique de fleurs à l'extrémité du boulevard Michelet, juste avant le rond-point de Mazargues.

Antoine regarda son ami.

« Un fleuriste, Jacky, encore des fleurs…

– Tu ne voudrais pas qu'un fleuriste appelle son truc *Au roi du boudin.* »

Pendant une heure le téléphone resta muet. Antoine vida la cafetière. Puis il y eut coup sur coup deux appels. Le premier signalait une villa *L'Orchidée*, chemin de la Rose à la Grave dans le 13ᵉ arrondissement, pas loin de l'endroit où le canal passe sous la route.

Le second expliquait qu'une école primaire dans le 15ᵉ pourrait s'appeler « L'Orchidée », pourrait, soulignait bien le conducteur de travaux, car ce nom n'apparaissait que rarement sur l'adresse au dire du facteur.

« Nous avons pas mal de pain sur la planche, dit Jacky, et toi tu n'es même pas douché. Je te donne dix minutes. »

Dix minutes lui suffirent pour être un autre homme. Il n'avait pas hésité longtemps devant la garde-robe, il sentait le savon de Marseille. Pour la seconde fois ils jetèrent à la poubelle toute la panoplie du clochard, et Antoine marcha un peu de travers à cause des chaussures trop étroites.

Les deux amis sortirent de la maison, s'arrêtèrent un instant au-dessus de l'escalier qui descendait vers la cave et tendirent l'oreille. Rien. La terreur habitait le réduit. Ils montèrent dans l'Audi et filèrent sur Saint-Antoine.

« On va au garage, dit Cristal. Cette bagnole est trop voyante, peu pratique, on va prendre la Renault Express de la Poste. Ces voitures jaunes se garent un peu n'importe où, même sur les trottoirs, les flics ferment les yeux, et puis si nous sommes contrôlés tu es facteur, non ? »

Non seulement l'Express jaune était passe-partout, mais Cristal l'avait légèrement préparée, il en avait fait un sommaire sous-marin, comme dirait la police. Trois trous discrètement percés dans la tôle, un de chaque côté du véhicule, l'autre près du feu arrière, permettaient d'observer sans être vu. Il suffisait de s'allonger derrière à la place des colis et d'ouvrir l'œil. Les vitres étaient recouvertes par des affiches de la Poste. « Pour vous donner envie de faire des cadeaux ! COLIPOSTE. »

Ils laissèrent l'Audi à Saint-Antoine et revinrent vers le centre-ville comme deux postiers.

« Jusqu'ici la piste des fleurs nous sourit, dit Jacky. Poursuivons. »

Il alla se garer sur la contre-allée du boulevard Michelet, à vingt mètres à peine du fleuriste.

« Je te laisse, dit-il à son ami déjà couché à l'arrière. Je vais boire un café, lire le journal. Je reviens dans une heure ou deux. Ne t'endors pas. Ne bouge pas trop non plus, la caisse est censée être vide. »

Antoine colla son œil droit à l'un des trois trous. *L'Orchidée* embrasait le boulevard de ses massifs pourpre, bleu et or disposés sur le trottoir mouillé. Quelques personnes y entraient, ressortaient les bras remplis de fleurs et se dirigeaient vers le petit cimetière de Mazargues, de l'autre côté de l'obélisque.

Au bout d'une demi-heure, une crampe paralysa sa jambe droite. Il tenta de changer de position, mais seule celle-ci et ce trou permettaient de plonger sur *L'Orchidée*. Il endura la douleur grandissante qui gagnait tout son corps.

Une heure plus tard, Jacky revint à la voiture, posa près de lui une superbe azalée et démarra.

« Alors ? demanda-t-il à son ami que la souffrance tordait.

– Rien. Des gens avec des fleurs à la place de la tête.

– Moi non plus. Je suis entré, j'ai flairé, un couple ordinaire, lui prépare les bouquets derrière, elle tient la caisse. On reviendra à la fermeture. On va aller jeter un coup d'œil à la galerie de peinture, c'est le plus près. Tu as le numéro ?

– Non. »

Ils longèrent lentement la rue Sainte sans succès. Ce n'est qu'à leur deuxième passage qu'ils repérèrent la minuscule vitrine. Une seule aquarelle y était exposée. Jacky gara l'Express plutôt mal, à l'angle de la rue Fortia.

« Tu vois quelque chose ? demanda-t-il.

– C'est le même trou que tout à l'heure, je suis cassé. Tu peux pas te placer autrement ?

– Là je risque le PV, ailleurs c'est la fourrière.

– Alors va boire un café, grogna Antoine dont la moitié du corps était en bois, et n'achète pas de tableau, tu te ferais remarquer.

– Je connais la peinture, petit rigolo.

– Oui, mais eux connaissent sans doute ta photo. »

Jacky claqua la portière en souriant. Il alla s'installer dans un petit bistrot d'où il pouvait mieux qu'Antoine scruter les va-et-vient de la galerie. Il y en eut peu. Deux ou trois désœuvrés entrèrent là parce qu'un petit vent courait juste dans le sens de la rue. Trois minutes suffisaient, le vent venait de la mer, pas du nord.

Il relut le journal à l'envers et put s'attarder sur les résultats de l'O.M. Meilleurs cette saison en Ligue des champions qu'en Championnat. Ils venaient de faire mordre la poussière à Manchester United, le colosse. Il se souvint de l'atmosphère des Baumettes, les soirs de grands chocs. L'immense carcasse d'acier et de béton tremblait. Deux mille hommes retenaient leur souffle. Un instant plus tard la forteresse explosait. Le mistral poussait jusqu'au fond des cours les clameurs du stade.

Il regagna la voiture, mit le contact et plongea vers le Vieux Port.

« Tu peux venir t'asseoir. Je ne vais pas visiter tout Marseille avec une azalée.

— Je peux plus me relever. »

Antoine s'était étendu sur le dos, bras en croix. Ses reins l'auraient fait hurler. Il ferma les yeux et ouvrit la bouche.

« La galerie est étroite mais très profonde, dit Cristal, je n'ai vu qu'une femme à l'intérieur. Elle reste assise derrière une table, elle lit. Lorsque quelqu'un entre elle lève la tête et sourit.

— Comment la femme ?

— Plutôt sexy.

— Tailleur noir ?

— Foncé. C'est difficile à travers une vitrine, de l'autre côté d'une rue. Ce que tu as fait pour le sex-shop il faudrait le refaire ici, chez le fleuriste et ailleurs.

— Tu veux que je refasse le clodo ?

— On n'a plus le temps. À partir d'aujourd'hui le sex-shop est fermé, il va falloir se bouger.

— Fonce à la troisième adresse, chemin de la Rose à la Grave, dans le 13ᵉ.

— Je vois où c'est, j'ai eu un box par là-bas. C'est une route qui part du terminus du métro et qui va se perdre dans les collines sous le Pilon-du-Roi.

— Quand tu verras le canal, arrête-toi. »

Jacky remonta le boulevard de la Libération, dépassa les Chartreux, Malpassé et n'eut aucune difficulté à trouver le chemin qu'ils cherchaient. Il fit encore un bon kilomètre après la Croix-Rouge avant d'apercevoir le canal qui étincelait sous un ciel de porcelaine bleue.

Ils étaient en pleine campagne. De chaque côté du canal, des prés s'étendaient à perte de vue, encore très verts en cette saison. Il devait y avoir une ferme dans les parages car trois vaches rousses regardèrent Cristal sortir de la voiture.

« Reste planqué, je vais voir si cette villa existe. »

Il revint dix minutes plus tard.

« Elle existe. Ça a l'air fermé. Je vais aller me garer en face, colle ton œil au trou.

– Change de trou, grogna Antoine. Il n'y a pas de fourrière ici. J'ai plus de dos. »

Leur numéro était au point. Jacky alla inspecter les environs en facteur consciencieux qui cherche une adresse. Antoine planta son œil dans la bâtisse.

C'était une maison étroite et haute, au milieu d'un jardin à l'abandon. Une maison parfaitement symétrique, deux fenêtres par étage, étroites elles aussi. Un escalier à double volée grimpait vers la porte au centre de la façade. Le toit était en tuiles plates, surmonté de deux pointes en terre cuite. Une marquise jaune et bleu protégeait la porte d'entrée. Une maison grise aux volets clos. Une belle construction austère que le manque d'entretien rendait un peu sinistre. Un grillage courait autour du jardin, il était rouillé. Le portail aussi.

Sur un carreau de faïence collé sur le pilier droit de ce portail, on pouvait lire *L'Orchidée*. Sur l'autre pilier, le même carreau avait été descellé, il n'en restait que l'empreinte.

Peu de voitures empruntaient cette route, aucun passant.

Jacky revint enfin. Il avait marché, respiré, observé.

« Tu es patient, tu peux travailler couché, tu ferais un bon flic. C'est vraiment la pacoule ici. Tu as vu quelque chose à part les vaches ?

— Depuis un moment la maison tremble à force de la fixer.

— On s'arrache. Je t'emmène à *L'Île bleue*, boulevard de Toulon, chez mes amis corses. Ils font des lasagne à tomber par terre. Il faudra seulement se méfier du pastis, là aussi tu tombes par terre.

— Je ne risque rien, les lasagne tu me les apporteras dans la voiture, je ne peux plus bouger. »

L'après-midi ils refirent le même circuit. Fleuriste, aquarelles, maison fermée. La maison trembla plus que le matin, Antoine n'avait pas pu s'empêcher de s'envoyer les dix pastis que lui avait servis Polo, le patron de *L'Île bleue*, tellement heureux de retrouver Cristal avec qui, pendant deux ans, il avait partagé sa cellule aux Baumettes et tout ce qui va avec, le meilleur comme le pire. Dix pastis dans ce petit bar-restaurant tapissé de cartes en relief de la Corse, de têtes de Maures, et où ne vibrait qu'un seul accent.

La planque ne fut pas plus fructueuse que le matin. Un peu plus de mouvement partout dans la ville. Une maison fermée toujours aussi abandonnée au milieu des champs.

« Je te raccompagne aux Trois-Lucs et tu me fais une nuit complète, tu ne tiens plus debout, dit Jacky à son ami, deux jours que tu ne fermes pas l'œil.

— Je préfère rester avec toi.

— Ce soir j'ai un rendez-vous un peu spécial, il faut que j'y aille seul.

— Il y a un os ?

— Ni os ni chien.

— Je peux peut-être t'aider moi aussi, je te bouffe la vie.

— À la seconde où j'aurai besoin de toi, Antoine, je n'hésiterai pas. Un jour ou l'autre j'aurai besoin de toi. Ce soir il faut que je sois seul.

— Jacky, si tu te fais descendre je suis foutu. Le type qui te flingue, flingue du même coup Marie et moi. Laisse-moi veiller sur toi. Avec un fusil à pompe, planqué dans cette fourgonnette, tu ne risques plus rien.

— Quand on gagne sa vie comme moi avec des machines à sous, des tables de jeu et des cigarettes qui traversent l'Europe incognito, on fait des envieux, beaucoup d'envieux. C'est à chaque seconde qu'il faut la protéger sa vie, tu ne peux pas te balader derrière moi jour et nuit avec un fusil de chasse sous le bras. J'ai appris à dormir d'un œil et à surveiller les quatre rues qui me viennent dessus. Fais-moi plaisir, Antoine, dors.

Depuis hier on avance vite. Demain matin à huit heures je te prends chez toi et on remet ça. Tu sais que j'aime le bon café et les grosses tartines. Le matin je suis comme un minot. »

Il déposa son ami aux Trois-Lucs et fonça vers la ville.

« Antoine… Je vous attendais. Je vous guette depuis une semaine, vous n'êtes jamais chez vous. Je suis vraiment heureuse… »

Camille Ferréol serra très fort le bras d'Antoine et l'embrassa sur la joue. Elle portait une jolie robe en laine abricot. Son visage calme y trouvait comme un supplément de douceur.

« Je n'ai pas beaucoup de temps, Lili m'attend, mais si vous m'offrez un verre… »

Antoine était surpris et heureux de revoir le visage si tendre de la jeune institutrice. Souvent, durant ses errances et ses nuits solitaires dans les rues de Marseille, ce visage l'accompagnait. Parfois il venait apaiser les cauchemars qui le secouaient brutalement contre un mur ou sur un banc entre deux insomnies.

Ils entrèrent.

« Je vous sers un pastis ?

— Vous n'avez pas de sirop ?

— Si, plein, ceux de ma fille.

— Vous êtes exténué, Antoine. »

Il remplit les verres et les posa sur la table du petit salon. Il avait choisi le sirop de kiwi, le préféré de sa fille, mais n'avait pas pensé à demander à Camille si elle voulait des glaçons.

« Je vous appelle souvent, quelquefois je laisse un message, vous ne répondez jamais. »

Antoine était gêné. Il but son sirop d'un trait et demanda à Camille si elle en voulait un autre. Elle n'avait pas encore touché au sien.

« Vous savez, je fais du yoga depuis dix ans, vous devriez venir au cours une fois ou deux par semaine, ça vous ferait du bien. Vous êtes tellement épuisé, tellement tendu… Vous allez voir, j'ai un petit quart d'heure devant moi, étendez-vous sur le tapis et retirez vos chaussures. »

Il allait refuser mais se souvint qu'il avait pris une douche le matin chez Jacky et changé de chaussettes. Il s'exécuta.

« Fermez les yeux… Relâchez tous vos muscles… »

Elle s'agenouilla et saisit la jambe droite d'Antoine. Elle la plia plusieurs fois, la secoua, la tira, la plia encore très haut vers le bassin. Puis elle la reposa délicatement sur le tapis et entreprit les mêmes mouvements avec la jambe gauche.

Antoine était de plus en plus gêné.

« Comment va votre papa ? dit-il, car il se sentait un peu bête.

– Ma foi… Il ne me donne pas trop de souci, toujours dans ses arbres du matin au soir avec son sécateur et ses greffons, il observe chaque feuille. Tant qu'il est perché, c'est que ça va. J'ai un peu peur qu'il tombe.

– Il mange toujours de la Floraline ? »

Camille éclata de rire.

« Il en est de plus en plus friand. À l'heure qu'il est, il doit me guetter le paquet à la main, l'eau dans la casserole prête à bouillir. »

Elle reposa la jambe, se déplaça légèrement sur le côté et se mit à manipuler le bras droit. Elle l'étira latéralement puis très loin vers l'arrière. Elle frotta la paume de la main et tira sur chaque doigt. Lorsqu'elle eut fait de même avec l'autre bras, elle vint s'asseoir derrière sa tête et massa longuement le cuir chevelu, la nuque, le front, le nez et les mâchoires.

Maintenant Antoine était bien. Allégé de toute peur, de toute angoisse, il se sentait partir. À travers ses paupières baissées, le monde était rouge. Quand Camille posa ses mains chaudes sur ses yeux, le monde fut bleu. Il pensa à Lili dans les arbres et s'envola.

La jeune femme caressa quelques instants encore son visage, se pencha, posa une seconde le bout de ses lèvres sur son front et discrètement se releva. Elle alla dans la chambre, prit une couette sur le lit et le couvrit.

Elle se retira sur la pointe des pieds, aussi silencieuse qu'un sourire.

Durant les jours suivants les deux amis ne cessèrent de foncer dans l'Express jaune entre les trois pointes du triangle que formaient la boutique de fleurs du boulevard Michelet, la galerie de peinture et l'austère maison de banlieue.

Chaque soir Jacky descendait dans sa cave, il nourrissait le chauve en même temps que ses chiens, viande et riz. Et chaque soir il lui répétait :

« Fais travailler ta mémoire. Tant que nous n'aurons pas retrouvé la petite, tu resteras enchaîné. Si on ne la retrouve pas, j'enfermerai avec toi les trois molosses, ils te dévoreront. »

L'homme était toujours nu. Ses chaînes cliquetaient de terreur même dans son sommeil. Trop courtes pour qu'il puisse s'étendre sur le sol, elles l'obligeaient à vivre debout ou assis, et les crampes qui tordaient le corps d'Antoine dans la voiture de la Poste n'étaient rien comparées à celles qui déchiraient le sien.

Cristal se déguisa en touriste, lunettes de soleil, fausses moustaches, casquette, et prit en photo le couple de fleuristes et la femme sexy qui tenait la galerie devant sa plus belle aquarelle. Il montra les photos au propriétaire du sex-shop qui ne reconnut personne. Il n'avait plus assez de force dans les veines pour dissimuler quoi que ce fût.

Les deux amis étaient condamnés à tourner dans Marseille, l'œil collé aux trois trous percés dans la tôle. Un soir Antoine dit à Jacky :

« Tu te souviens du jeu de la pignate, chaque été quand on était minots. Il fallait casser avec un bâton, les yeux bandés, une cruche en terre pleine d'eau suspendue à un fil. J'ai l'impression qu'on y joue encore trente ans plus tard de manière sinistre.

– On a encore les yeux bandés et ça ne fait plus rire personne. »

Lorsque Cristal se rendait à ses mystérieux rendez-vous nocturnes où il ne voulait pas emmener Antoine, celui-ci prenait sa propre voiture et continuait seul à errer dans le triangle noir des Orchidées.

Une nuit il passa au ralenti, comme il le faisait souvent, devant la maison grise du chemin de la Rose à la Grave. Il crut apercevoir un fil d'or sur l'obscure façade. Il gara sa voiture deux cents mètres plus loin et revint à pied. Tous les volets étaient clos. Une pièce était bien éclairée au dernier étage de la bâtisse. Il se glissa dans la pénombre, à l'écart des lampadaires municipaux, et attendit.

Une demi-heure plus tard le fil d'or sauta à l'étage en dessous. Antoine s'approcha de la maison. Il longea à pas de loup le grillage rouillé qui fermait le jardin. De quart d'heure en quart d'heure, le fil d'or se déplaça d'une façade à l'autre. Antoine le suivait, les jambes trempées par l'herbe mouillée de la nuit.

Un œil-de-bœuf flamba juste sous les tuiles. Presque aussitôt la lumière jaillit d'un soupirail éclairant tout le soubassement de la maison. Antoine s'accroupit au milieu d'un bouquet d'acacias sauvages assez dense pour le dissimuler malgré l'absence de feuilles. Il ne bougea plus.

Les heures filèrent. La lumière ne cessa de bondir aux quatre coins de la demeure.

Quand la campagne commença à pâlir, Antoine se retira. Il fit un détour par les champs pour rejoindre sa voiture. Son corps était transi de froid et ses dents claquaient. Il ne s'en aperçut qu'en posant sur le volant ses mains tremblantes. Pendant toute la nuit, une ou plusieurs personnes avaient remué cette maison de la cave au grenier.

Il mit le contact et fonça vers les Trois-Lucs, où Jacky devait le rejoindre. Une bourrasque gifla le pare-brise, la voiture tangua. Le mistral se levait. De gigantesques nuages pourpres brodés d'or voyageaient à l'horizon, au-dessus des îles du Frioul.

Jacky arriva vers huit heures, un sac de voyage en tissu et cuir fauve à la main.

« Le café est prêt ? Ce matin il m'en faut trois bols. Qu'est-ce que ça caille.

— Je t'attendais pour mettre la cafetière sur le gaz.

— Antoine, ça t'arrive de dormir sans tes chaussures ?

— Comment tu sais que je ne les ai pas enlevées ?

— Hier ta chaussette gauche était à l'envers, aujourd'hui aussi.

— Tu peux parler, tu as dormi tout habillé.

— Comment ça ?

— Tu te changes tous les jours, hier tu avais les mêmes vêtements. »

Jacky s'examina et éclata de rire.

« On ferait un bon couple de flics dans un mauvais feuilleton américain. On va se faire embaucher par la Six. »

Il s'installa devant son bol et commença à beurrer des tartines.

« Tu voulais absolument m'aider, l'autre jour… Garde-moi ce sac une semaine ou deux. » Il désigna le sac fauve.

« Qu'est-ce que c'est ?

— Dix kilos de bijoux et de pierres précieuses.

— Planque-le où tu veux, personne ne viendra le chercher ici. »

Antoine versa le café bouillant et s'assit à côté de son ami.

« J'ai passé la nuit accroupi près de la maison fermée. Il y avait quelqu'un dedans qui a tourné jusqu'à ce que je m'en aille. Il allumait les pièces les unes après les autres comme quelqu'un qui cherche. Il y est peut-être encore.

— Ressers-moi un bol de café et on y va, moi non plus je n'ai pas fermé l'œil. Ah, j'y pense, il faut absolument que tu ailles te faire un peu voir à l'Évêché, cet été tu y campais et ça fait des semaines qu'ils ne t'ont pas vu, ça peut leur paraître suspect. On ne doit pas sous-estimer les flics de la PJ, certains sont redoutables. Il ne faudrait pas que l'idée leur vienne de te filer. »

Ils garèrent l'Audi dans une impasse sans issue et s'approchèrent. Un vent de silex découpait chaque arbre, toiture, buisson sous un ciel de pure lumière. La maison était telle qu'ils l'observaient depuis plusieurs jours, silencieuse, abandonnée. La rue aussi était déserte.

« Viens, dit Jacky, on va essayer d'entrer par-derrière. »

Ils franchirent le grillage et se dissimulèrent sous un petit appentis adossé à la maison qui abritait une brouette, une échelle, quelques outils de jardin, un frigo et tout un bric-à-brac de pièces détachées de voitures à moitié rouillées.

Jacky choisit une pioche, introduisit le plat du fer entre les deux volets d'une fenêtre du rez-de-chaussée, pesa sur le manche de toute la puissance de ses épaules jusqu'à ce que la fermeture intérieure s'arrache.

« On a de la chance, dit-il, ils n'ont pas mis de barre. »

D'un coup de coude il fit exploser une vitre, introduisit sa main et souleva l'espagnolette.

« Tu es fou, fit Antoine, si quelqu'un dort. »

Il n'entendit pas la réponse, le voyou avait sauté dans la maison et disparu dans l'obscurité. Il se contenta de scruter les abords. Au loin les vaches rousses paissaient de façon rassurante.

Trois minutes plus tard Cristal revint.

« Arrive, il n'y a personne. »

Ils tirèrent sur eux les volets et firent un tour complet de chaque pièce.

« On peut éclairer, dit Jacky. En plein jour, volets fermés, de dehors ça ne se voit pas. »

Les meubles ressemblaient à la bâtisse, sombres, lourds. Un large escalier de pierre grimpait vers le premier étage où se trouvaient les chambres.

Ils n'eurent pas à fouiller longtemps. À la troisième porte qu'ils ouvrirent, Antoine poussa un cri. Jacky bondit sur ses talons. Il tenait dans sa main un pistolet SIG 9 mm qu'il venait de tirer de sa ceinture.

« C'est là ! hurla Antoine.

– Quoi ?

– La tapisserie, le lit, c'est la chambre de la cassette ! »

Antoine avait tant de fois regardé la cassette du viol qu'à la première seconde chaque détail de la chambre avait explosé dans ses yeux. La tapisserie bleue avec ses massifs de fleurs et ses vasques blanches, le lit en fer et les tomettes rouges. Tout était là, devant lui, avec l'exacte monstruosité que prend chaque chose, chaque objet, même le plus banal, lorsqu'il entoure et participe à la vie d'un monstre.

Le sang d'Antoine bombarda le moindre vaisseau irriguant son cerveau. Sa vue se troubla. Ils étaient chez le monstre.

Soudain il prit conscience que Marie avait peut-être été séquestrée ici, violée ou torturée ici, dans la pièce où il se trouvait. Il eut un malaise. Son ami dut le soutenir.

« C'est pas le moment de flancher, Antoine. Ta fille n'est peut-être pas loin. »

Il fit un saut au salon, où il avait repéré des bouteilles, et servit à Antoine un grand verre de cognac.

« Avale cul sec… On va fouiller toute la baraque sans faire de bruit. Il faut absolument entendre si quelqu'un arrive. »

Ils passèrent chaque pièce au peigne fin en commençant par le sous-sol. Le garage puis la cave qui se trouvait juste derrière, six marches plus bas.

Dans l'armoire de la chambre où le film avait été tourné, ils trouvèrent un petit carton contenant un gros flacon de chloroforme et des boîtes de Rohypnol, et sous une pile de draps des menottes et un spéculum.

« Il ne nous reste plus qu'à les attendre, dit Jacky.

— Je ne suis pas armé.

— Sois tranquille, j'ai ce qu'il faut. Désormais le piège c'est nous… Tiens, regarde, ils ont dû arracher le plastique noir à la hâte, il y a encore les punaises autour de la fenêtre. »

L'oreille aux aguets, ils attendirent. Dès que le jour déclina ils éteignirent toutes les lumières. Ils étaient assis dans le salon, au rez-de-chaussée. Ils ne parlaient plus. Ils écoutaient craquer la lugubre demeure que le mistral avait malmenée tout le jour. On l'entendait encore tonner sur la façade nord et secouer le volet qu'ils avaient démoli. Antoine pensait à Marie, comme chaque jour, comme chaque nuit. Depuis qu'il avait vu l'horrible chambre il avait la colique.

Les heures s'étirèrent aussi sinistres que les ombres qui plombaient la demeure. Une tronçonneuse quelque part dans les champs déchira la nuit. Le silence revint et un chien aboya, d'autres lui répondirent aux quatre coins de la campagne.

Un peu avant minuit, ils dressèrent l'oreille. Quelque chose avait grincé dans le jardin. Le gravier de l'allée crissa. Ils furent debout ensemble. On ouvrait le garage, là, juste sous leurs pieds. Jacky fit signe à Antoine de disparaître dans l'escalier qui menait aux chambres. Lui se plaqua contre le mur, derrière la porte qui descendait au sous-sol. Une voiture entra dans le garage. On coupa le moteur. Une seule portière claqua.

Plusieurs minutes s'écoulèrent. Ils ne respiraient pas. Enfin un pas résonna dans l'escalier. Quelqu'un montait. La porte s'ouvrit et la lumière éclata dans le salon. Un homme fit un pas dans la pièce. La porte se referma derrière lui et le canon du SIG se planta dans sa nuque.

« Un geste et je te brûle la tête. »

Avec une extrême souplesse l'homme fit volte-face et lança son poing dans la direction de la voix. Cristal fut plus rapide, il lui assena du plat de la crosse, en plein visage, une gifle de fer. Pour éviter le revers qui arrivait l'homme perdit l'équilibre et tomba à la renverse. Jacky lui enfonça le canon dans la joue.

Antoine avait bondi, il tenait dans la main un couteau à découper le rôti qu'il avait trouvé dans un tiroir de la cuisine et glissé dans sa ceinture quelques heures plus tôt.

« Qui êtes-vous ? demanda l'homme, affolé.

— C'est toi qui vas parler, dit calmement Jacky, ton nom ?

— Majastre.

— Majastre comment ?

— Majastre Ludovic.

— C'est ta maison ?

— Heu… avec ma femme, oui.

— Où sont les enfants ?

— Les enfants… mais je n'ai pas d'enfants, vous…

— Ne te moque pas de moi ou je t'en colle une entre les yeux. »

L'homme regardait tour à tour Antoine et Jacky.

« Vous n'avez pas le droit, vous êtes policiers ? »

Tout était pointu dans ce visage, le crâne rasé, les oreilles, le regard, le nez et le menton s'avançaient tellement qu'ils mangeaient les lèvres. Sa bouche se résumait à un trait.

« Relève-toi ! »

L'homme se releva.

« Baisse ton pantalon ! »

Il défit sa ceinture, se déboutonna sans comprendre et resta planté. Antoine le piqua violemment dans les reins avec la pointe du couteau de cuisine. L'homme au visage aigu lâcha un cri strident. Le pantalon tomba. L'arrière de sa cuisse était marqué par une longue cicatrice violette.

« C'est lui ! hurla Antoine.

– Où sont les enfants ? répéta sourdement Cristal.

– Vous êtes fous ! Vous vous trompez ! bredouilla l'homme, terrorisé.

– Tu n'imagines pas à quel point on est fous, salopard ! » gronda Jacky en l'attrapant par le col de la chemise.

Majastre était aussi grand que lui, moins athlétique, plus sec. Le voyou ouvrit la porte du sous-sol et le jeta dans l'escalier où il roula. Il le récupéra dans le garage et le traîna dans la cave, six marches plus bas. Ses pieds se prenaient dans le pantalon, il trébuchait.

« Ici on est sous terre, personne ne t'entendra gueuler. Je te le dis, tu vas gueuler. Tu vas gueuler pour toutes les fillettes que tu as fait hurler de douleur. Tu vas maudire celle qui t'a mis au monde. »

De sa main gauche il desserra les mâchoires de fer d'un étau fixé à un lourd établi. Il attrapa le cou de l'homme et, d'une irrésistible puissance, le courba. Il lui coinça la tête dans la presse et vissa. Quand il sentit que la tête était bien assujettie, il reposa la question.

« Tu nous dis où sont les enfants ou je te broie le crâne. »

Majastre râlait d'épouvante. Jacky commença à serrer. À chaque dixième de tour les cris s'intensifièrent. Il tenta de se dégager. Il s'arc-bouta, chercha une prise, sa main balaya l'établi, jetant par terre tout un fatras de quincaillerie et d'outils, pinces, limes, cadenas, écrous, rondelles, boîtes remplies de clous. Malgré les hurlements et bruits de ferraille, les deux amis entendirent quelque chose craquer. Un os du crâne ? Majastre se mit à pisser le sang par le nez et de l'eau jaillit de ses yeux, de longs filaments de bave rose pendaient jusqu'au sol.

Il leva le bras, montra quelque chose avec son doigt. Jacky desserra légèrement.

« Laaaaaà ! beugla-t-il.

– Quoi ?

– Derrière ! »

Il dévissa complètement. Majastre prit sa tête entre ses mains et demeura cassé en deux. Ses nerfs étaient rompus. Il pleurait, braillait, bavait.

« Derrière, là…, laissa-t-il échapper avec un nouveau flot de bave rose. Ne me tuez pas ! »

Les deux amis se regardèrent, ils ne comprenaient pas. L'homme désignait au fond de la cave des étagères métalliques fixées au mur. Une centaine de bouteilles vides ou pleines y étaient couchées. Il s'avança en râlant de douleur, se pencha vers le bas du meuble, agrippa une planche et, les veines gonflées, la tira à lui. Tout d'abord il ne se passa rien, puis le meuble métallique se souleva légèrement et très lentement se déplaça vers l'arrière, comme s'il entrait dans le mur.

Antoine et son ami étaient interloqués. Ils étaient passés plusieurs fois durant la journée devant ces bouteilles. Les étagères semblaient indéboulonnables. Elles n'étaient maintenues que par deux solides poutrelles d'acier évoluant le long de deux rails fixés au plafond. S'ouvrait devant eux un passage secret. Il fallait se baisser pour pénétrer dans ce sombre boyau. Une seule personne à la fois pouvait s'y glisser.

« Passe le premier ! » ordonna Cristal, le canon du SIG pointé vers la nuque de l'homme qui avait repris sa tête entre ses mains. Son nez ne saignait plus, sa chemise était rouge.

« Fais gaffe, dit Antoine, il a peut-être une arme là-dedans, c'est peut-être piégé.

– S'il fait un geste je l'abats… Avance ! »

Majastre n'eut pas à se courber pour entrer dans la cache, il l'était encore. Il appuya sur un interrupteur, une ampoule éclaira le minuscule couloir. Ils le suivirent pliés en deux. Quatre mètres plus loin, il ouvrit une épaisse porte de fer qui cria en pivotant sur ses gonds. Un cachot apparut, presque aussi étroit que le passage et haut d'un mètre cinquante environ. Le cachot était vide. C'était une ancienne cuve à vin recouverte de terre cuite vernissée. Ça n'allait pas plus loin.

« Et les fillettes ? demanda Cristal.

– Mortes.

– Mortes… », bégaya Antoine.

Ses jambes l'abandonnèrent et il glissa contre le mur.

« Deux mortes, la troisième je ne sais pas, je n'étais pas là. »

Jacky tira l'homme au crâne pointu hors de cette prison souterraine où seuls les enfants pouvaient tenir debout. Il lui emprisonna la main dans l'étau.

« Je vous en supplie, ne me torturez plus, j'ai très mal à la tête, je vais tout vous dire. »

Antoine surgit du trou. Il était méconnaissable. Il s'avança vers Majastre les yeux aveuglés de souffrance. Sur le manche du couteau de cuisine ses doigts étaient plus blancs que des os. Il leva le bras pour frapper. Jacky lui saisit le poignet. L'homme s'était laissé tomber par terre comme un sac. La terreur lui arrachait des cris de bête.

« Attends, Antoine, tout n'est pas perdu, laisse-le parler d'abord. Si ta fille est morte, tu le finiras... On t'écoute, dit-il au monstre, au premier mensonge mon ami te désosse. Au cas où tu ne l'aurais pas compris, c'est le père de l'une des petites filles.

— Je ne voulais pas ce qui est arrivé, on vendait des cassettes mais...

— C'est toi qui violais les enfants ! Qui les enlevait ?

— Je conduisais la voiture, ma femme les prenait.

— Qui les choisissait ?

— On tournait au hasard, on attendait l'occasion.

— Ensuite ?

— On les enfermait là et on les filmait dans la maison.

— Qui filmait ?

— Ma femme.

— Toi tu les violais, tu les battais. »

Majastre se recroquevilla un peu plus. Il ne pensait qu'à la longue lame qui pouvait frapper d'une seconde à l'autre. Il en oubliait l'atroce douleur qui battait dans son crâne à le faire exploser. Ses oreilles avaient triplé de volume, elles étaient violacées et noires.

« Où sont-elles ?

— Je vous l'ai dit, deux sont mortes à cause de ma femme, l'autre je n'en sais rien... Au début de l'été, j'ai été arrêté par la police pour quelques grammes de coke, j'ai fait trois mois de prison. Ma femme est venue me voir deux fois au parloir puis je n'ai plus eu aucune nouvelle. Je lui ai écrit, elle ne m'a jamais répondu. Quand je suis sorti, je suis venu ici et j'ai trouvé les deux petites mortes là-derrière. Ma femme ne les avait pas nourries. Elle me disait toujours qu'elle avait peur de descendre seule à la cave mais elle était jalouse des filles, elle les détestait. Elle était jalouse et en même temps ça l'excitait, c'est elle qui me poussait à les enlever, à les filmer, ça la faisait jouir.

— On s'en fout de tes saletés ! Tu dis que tu as été arrêté pour trafic de dope et la police n'est pas venue perquisitionner ici ?

— Ils sont venus mais ils n'ont rien trouvé, ils sont passés plusieurs fois devant les casiers à bouteilles sans se douter que les petites étaient derrière.

— Elles n'ont pas appelé ?

— Je leur avais dit de se taire si elles entendaient du bruit, qu'il y avait dans la maison des hommes beaucoup plus méchants que moi. Moi elles m'aimaient bien.

— Ferme-la ou tu vas prendre un coup de couteau ! Où sont-elles ?

— Je les ai enterrées au fond du jardin.

— Tu en as enterré deux.

— Oui, monsieur.

— Et la troisième ?

— Je vous l'ai dit, je ne sais pas.

— Qui d'autre connaissait ce cachot ?

— Personne.

— Est-ce que la petite Marie est morte ? »

Majastre hésita. Jacky tenait toujours fermement le poignet de son ami, tellement égaré qu'il était incapable de suivre l'interrogatoire. Il pouvait frapper à tout instant.

« Il y avait une Alexia, Juliette et comme vous dites, Marie. Quand j'ai trouvé les deux corps, comment dire… tellement… transformés, j'ai eu si peur que je les ai recouvertes d'une bâche sans les regarder et je les ai tout de suite enterrées.

— Tu ne sais pas qui tu as enterré ?

— Je vous jure, monsieur, j'étais affolé, jamais je n'aurais imaginé une chose pareille, je comptais les libérer. Ma femme est folle, je vais vous aider à la retrouver. J'en avais assez de cette vie, je ferai ce que vous voulez.

— D'abord tu vas nous montrer où tu as enseveli les enfants. Si Marie est dans le trou, on t'enterrera vivant. »

Cristal desserra l'étau et poussa le monstre au crâne pointu. Ce n'était plus qu'un chiffon.

Ils contournèrent la maison après s'être munis d'une lampe torche dans le garage. Jacky lui ordonna de prendre une pioche et une pelle, la pioche était celle dont il s'était servi le matin pour fracturer le volet. Le mistral était tombé. Les étoiles étaient si nombreuses que leur paillettement givrait le ciel et sculptait la ligne noire des collines.

Majastre les précéda dans le bosquet d'acacias sauvages. Il s'immobilisa.

« C'est là », dit-il.

Ils étaient devant un petit carré de terre fraîchement retournée. Le seul endroit sans herbe du jardin. Antoine le reconnut, c'est là qu'il était resté accroupi toute la nuit précédente pour suivre les mouvements de la maison, justement parce qu'il n'y avait pas d'herbe et qu'elle était partout ailleurs haute et trempée. Il avait peut-être passé la nuit, sans s'en douter, sur la tombe de sa fille. Sur le petit corps décomposé de Marie.

« Creuse ! »

Majastre commença à piocher. Passée la croûte durcie par le vent du nord, la terre fut molle, le fer s'enfonça sans résistance. Très vite le tas de terre qu'il dégageait à la pelle s'éleva. Une heure après, l'homme avait presque disparu dans le trou. Il savait qu'à chaque coup de pioche il s'approchait de la preuve insoutenable de sa monstruosité et par là même de sa propre fin.

Au-dessus de lui, un homme armé d'un pistolet suivait chacun de ses mouvements, un autre armé d'un couteau ne voyait plus rien, n'entendait plus rien, n'était plus rien.

« Pourquoi cherchez-vous les vivants parmi les morts ? » Cette phrase traversa le cerveau de Cristal. Il l'avait entendue un dimanche matin dans la chapelle d'une maison d'arrêt ou lue dans le Nouveau Testament alors qu'il était enfermé au quartier disciplinaire de la prison de Grasse.

Les pelletées de terre, noires jusque-là, devinrent blanches.

« Qu'est-ce que c'est ? demanda Cristal.

– J'ai vidé un sac de chaux par-dessus pour que les chiens ne les déterrent pas. »

Il travailla encore un peu puis posa la pelle au bord de la fosse, se courba, saisit quelque chose à deux mains et tira. Lentement, une toile de bâche se dégagea du poids de la chaux. Dans le faisceau de lumière que projetait Jacky, la tête puis le corps des deux fillettes apparurent. Antoine perdit connaissance et s'effondra.

Cristal le tira un peu à l'écart contre un arbre, vérifia qu'il respirait encore et revint vers la tombe. Il scruta longtemps ce qu'il restait des visages et des corps. Il sentit qu'il allait vomir. Il en avait pourtant vu dans la vie des cadavres et du sang. Jamais rien d'aussi insoutenable, de plus abominable. Il lâcha tout sur la tête du monstre.

Son ami lui avait tellement montré de photos de sa fille depuis deux mois qu'il fut convaincu que Marie n'était pas là.

« Regarde-les bien toi aussi ! gronda-t-il. Tu les reconnais ?

— C'est les deux grandes, l'autre était… plus petite, je l'ai emmenée dans la maison, on m'a arrêté une semaine après.

— Tu l'as enlevée où la petite ?

— Aux Trois-Lucs, devant une école.

— Mon ami a encore une toute petite chance, je perds le plaisir de t'enterrer vivant… Rebouche ! »

Majastre se hissa hors du charnier et pelleta avec ferveur.

Cristal enferma le monstre dans la cuve à vin. Il monta dans le salon, rinça sa bouche avec du cognac, recracha, en ingurgita au goulot la valeur de deux bons verres et retourna s'occuper de son ami. Il lui en fit avaler à peu près la même quantité.

« Antoine, secoue-toi, ta fille est sans doute vivante, il va nous y mener. »

Il alla récupérer l'Audi, vint la ranger devant la maison. Majastre était arrivé dans une Mercedes 300 break turbo.

Il déverrouilla la cuve souterraine et y pénétra.

« Tu dis que personne ne connaissait ce cachot. C'est donc ta femme qui a emmené la petite ?

– Elle a dû trouver un complice, seule elle n'aurait pas eu le courage d'y venir.

– Tu as une idée ?

– Quand on m'a libéré je l'ai cherchée partout. Elle n'a laissé aucune trace. Elle a tout emporté, ses affaires, ses photos, ses parfums, tout.

– Les cassettes ?

– On ne les gardait pas ici, dès que les films étaient finis on les vendait, c'était trop dangereux.

– Je n'ai pas trouvé la caméra.

– On préférait louer le matériel.

– Tu n'as pas une photo d'elle ?

– Si, une dans mon portefeuille.

– Donne. »

Majastre le lui tendit.

« Elle est partie avec quelle voiture ?

– Une grosse Chrysler… la Chrysler Voyager.

– Noire ?

– Oui, monsieur.

– Le numéro de la Chrysler ?

— Il est dans le portefeuille, monsieur.

— Tu penses qu'elle a quitté Marseille ?

— J'en ai aucune idée. Ailleurs elle n'a plus personne.

— Et ici ? »

Majastre baissa la tête.

« Moi…

— Elle a des habitudes ? Des manies ?

— Non… Elle achète tous les jours deux paquets de Kool depuis des années.

— Elle s'habille comment ?

— Des tailleurs foncés. Elle n'aime pas les couleurs, ni les pantalons.

— Grande ?

— Avec ses talons, aussi grande que moi. On la remarque.

— Madame Paule, c'est elle ?

— Elle se fait appeler comme ça. Son vrai nom c'est Rose, elle le déteste, je n'ai jamais su pourquoi, elle aime toutes les fleurs. »

Cristal jeta le monstre dans le coffre de l'Audi, vérifia qu'aucune lumière ne restait allumée dans la maison, referma lui-même le garage et démarra. Antoine était assis près de lui. Ses yeux ne voyaient que la tombe béante sous la nuit.

Une fois encore Jacky fut très prudent pour rentrer chez lui. Ce n'était pourtant pas une heure où l'on risquait de tomber sur des barrages. Ils arrivèrent au petit port de La Redonne en même temps que l'aube.

Cristal traîna Majastre dans la cave après avoir imposé aux bêtes un silence absolu. Dans les maisonnettes alentour les enfants dormaient encore. Il l'enchaîna au même anneau que le propriétaire du sexshop. Les deux hommes n'osèrent même pas se regarder. L'un était nu et noir de crasse, l'autre couvert de boue et de sang. Les mains du premier, prisonnières des fers depuis de longs jours, étaient aussi violacées que les oreilles du second broyées par l'étau. Tous les deux puaient l'urine et la peur. Il les enferma dans le noir.

Antoine ronflait, affalé sur une chaise, les bras pendants, la tête appuyée sur la table de la cuisine. L'épuisement et le choc terrible de tout ce qu'il venait de voir.

Jacky avala trois tranches de jambon de Parme sans pain, se laissa tomber dans un fauteuil et s'endormit aussitôt. Lui non plus n'avait pas fermé l'œil depuis quarante-huit heures.

Antoine se réveilla le premier et commença à s'agiter. Jacky l'entendait, il n'avait pas la force de soulever ses paupières. Le parfum délicieux du café la lui donna. Il sauta sous la douche.

Antoine avait étalé sur la table du salon tout ce que contenait le portefeuille de Majastre. Dès que son ami revint, il lui tendit la photo de la femme du monstre. Jacky l'observa longuement.

« Beau morceau… On a du mal à imaginer à quel point elle est tordue… Quand on voit la tronche de son mari on comprend.

— Tu crois qu'on a une chance de la retrouver ?

— Grande et belle ça ne suffit pas, il doit y en avoir quelques milliers à Marseille… » Les yeux toujours rivés à la photo il ajouta : « Des jambes longues comme un jour de cachot, dirait mon ami Yves, et il s'y connaissait en femmes et en cachot.

— Je m'en fous de ses jambes, c'est ma fille que je veux.

— Justement, c'est à ta fille que je pense, nous n'avons pas trente-six solutions. Si nous avions les moyens de la police, cette photo et le numéro de la Chrysler seraient déjà dans toutes les gendarmeries et tous les commissariats du pays, chaque route serait surveillée… Je ne peux pas prendre la décision tout seul, Antoine, soit nous continuons le travail tous les deux, soit on balance tout aux flics. Ça et les deux types enchaînés là-dessous ; chacun a ses limites.

— Depuis le début je t'ai fait confiance, Jacky, sans toi je serais en train de pleurer dans un carton en attendant la mort. Même si on ne la retrouve pas, personne sur cette terre n'aurait fait la moitié de ce que tu as fait pour moi. On continue tous les deux quoi qu'il arrive. »

Jacky se resservit un bol de café et se leva.

« Je ne suis pas certain que tu aies raison, plus on avance, plus c'est délicat… » Il réfléchit un moment, but une gorgée. « Je ne crois pas trop à la piste de la Chrysler, elle a pu s'en débarrasser, c'est une bagnole bouillante, ils s'en servaient pour enlever les enfants. Non, depuis un moment je pense à autre chose. Tu as souvent vu des gens fumer des Kool ? C'est à peine si je connais la marque, je ne sais même pas à quoi ressemble le paquet. C'est notre unique carte, elle n'est pas terrible. Si elle avait fumé des Marlboro ou des Camel comme tout le monde on était frits. On va aller tout de suite faire deux à trois cents photocopies de cette photo. Ensuite on passe au billard, je vais mettre sur le coup une dizaine de types dont je suis sûr. Il faut qu'ils fassent le tour de tous les débits de tabac de Marseille et des environs, ça prendra le temps qu'il faut. On recherche cette femme, elle achète tous les jours deux paquets de Kool. D'ailleurs je vais y aller seul, depuis tout à l'heure je te regarde, tu me fais peur. Tu restes ici, je te fais couler un bain, tu t'astiques des pieds à la tête, tu te fourres dans le lit et tu en écrases jusqu'à ce que je revienne. S'ils font du raffut en bas les deux fumiers, tu les calmes à coups de latte dans la gueule, la clé de la cave est près du téléphone. Je pense qu'ils te laisseront dormir, ils ont leur compte. Je t'envie, j'ai les paupières plus lourdes que des sacs de ciment. »

Le voyou fit ce qu'il avait dit. Il constitua une équipe qui lui obéissait au doigt et à l'œil. Il donna à chaque homme une trentaine de photos reproduites, un plan de Marseille et la marque des cigarettes. Chacun devait ratisser la totalité d'un arrondissement, jusqu'au plus infime bureau de tabac.

« Attention, ordonna-t-il, aujourd'hui pastis interdit, je veux que ce soir tout soit bouclé, après vous irez vous taper un gueuleton, jusque-là sandwichs. »

Resté seul, Antoine se dirigea tel un automate vers la salle de bains et commença à se déshabiller. Il eut envie de tenir dans sa main le petit poussin jaune de Marie. Il palpa ses poches, ne sentit rien. Les unes après les autres il les retourna. Le poussin n'était nulle part. Il fit le tour des pièces, regarda sous les tables, les fauteuils. Soudain une immense panique affola tout son corps. Il avait perdu le petit poussin. Où ? Dans la sinistre maison ? Le jardin ? Dans une rue ? Depuis combien de temps ne l'avait-il pas touché au fond de sa poche ? Il était comme un enfant que ses parents ont laissé en pension et qui se retrouve le soir tout seul, loin de tout, sans sa peluche. Comme un enfant il se mit à pleurer.

Il était debout au milieu de la cuisine et il pleurait. Depuis des mois il s'était raccroché à ce petit animal que Marie avait serré chaque nuit contre elle, avec qui elle babillait avant de s'endormir. Sans qu'il s'en rendît compte il s'était mis lui-même à parler au petit poussin comme s'il s'était adressé à sa fille, parfois il l'appelait Marie en caressant doucement la minuscule tête ronde. C'était comme si pour la deuxième fois on lui arrachait Marie.

Sa panique en quelques secondes devint insoutenable. Jacky avait parlé de la clé près du téléphone. Il la saisit et dévala les escaliers de la cave. À nouveau la douleur le rendait dément.

Lorsqu'il ouvrit la porte la lumière solaire brûla les yeux des deux hommes enchaînés.

« Où est ma fille ? » hurla-t-il.

Ils se rapprochèrent l'un de l'autre.

« Où est ma fille ? »

Ils aperçurent son regard fou. Antoine vit sur un panneau fixé au mur, parmi toutes sortes d'outils accrochés à des clous, un marteau court et massif. Il ne vit que ça. Ce marteau avait exactement la densité de sa rage. Il le prit et s'approcha des deux monstres.

« Où est ma fille ? » articula-t-il, beaucoup plus bas. C'était plus une plainte qu'une question.

L'instinct recroquevilla les deux hommes.

Majastre reçut sur l'épaule le premier coup de marteau. Il poussa un cri terrible. La terreur effaça presque la souffrance. Il se roula en boule. Le second coup lui brisa deux côtes, le troisième la clavicule. Antoine ne frappait que Majastre. L'épouvante arrachait à l'autre les mêmes cris. Il abattait le marteau avec toute la puissance de sa détresse. Cinq mois de douleur effroyable se métamorphosaient en folie que plus rien ne pouvait contenir. Malgré les hurlements des deux hommes on entendait le bruit sourd du fer qui broyait les os à travers les vêtements. L'omoplate explosa.

Jamais depuis qu'il était né Antoine n'avait connu la haine. Là, dans cette cave, il en était la proie incendiée.

Chaque fois que le marteau retombait il hurlait : « Je veux ma fille ! Je veux ma fille ! Je veux ma fille ! » Les coups furent de plus en plus rapides, de plus en plus frénétiques.

L'homme protégeait encore sa tête avec ses mains, Antoine lui écrasa toutes les phalanges et les os du poignet. Le sang gicla sur le mur et le corps nu de l'autre. Il lui fractura deux fois le crâne. Majastre se ramollit.

Le père de Marie poussa un dernier braillement, jeta de toutes ses forces le marteau sur le dos de l'homme nu et sortit de la cave sans refermer la porte.

Même l'extraordinaire lumière d'automne n'aurait pu apaiser cet être à bout de tout. Il se laissa tomber sur les aiguilles de pin qui recouvraient la terre et laissa sortir toutes les larmes de son corps.

Jacky revint avec la nuit. Il comprit que quelque chose de grave s'était passé, le visage et les mains de son ami étaient couverts de terre et de sang.

« Je l'ai frappé », dit Antoine.

Le voyou ne fit qu'un bond vers la cave. Il remonta aussitôt.

« Frappé ?... Il est mort depuis plusieurs heures, tu en as fait du steak haché, l'autre est en train de mourir de peur, il ne peut plus parler, il râle. Mais tu es complètement fou, mon pauvre ! Je ne peux pas te laisser seul cinq minutes !

— Je voulais lui faire mal comme j'ai mal.

— Il a eu mal quelques minutes, il y a combien de temps que tu souffres ? Je m'en fous que tu aies massacré cette ordure, je mourais d'envie de le faire moi-même, il est mort trop rapidement, sans vraiment s'en rendre compte. Ce n'était pas le moment, Antoine, on a encore besoin de lui pour retrouver Marie. Il nous a dit ce qu'il savait mais il y a une foule de détails qui nous intéressent, ce sont les détails qui vont nous conduire vers sa femme, deux paquets de Kool par jour ce ne sera pas suffisant.

— Laisse-moi descendre, je vais faire parler l'autre porc.

— Mais si l'autre avait quelque chose à ajouter, il l'aurait écrit sur le mur en trempant son doigt dans le sang. Antoine, tu vas te calmer, tu vas m'écouter. Tu te rends compte si les flics se pointent au milieu de ce carnage ? Tu as vu ta tronche ? On va attendre que tout le monde dorme et on fera disparaître le corps. Va te laver, je commence à m'en occuper, ensuite j'aurai besoin de toi. »

Il l'entraîna dans la salle de bains, vida la baignoire qui était restée pleine et ouvrit le robinet d'eau chaude.

« J'en ai pour quelques instants, tu t'installes dans le bain, je t'apporte un pastis, tu fermes les yeux et tu ne penses plus à rien. À l'heure qu'il est tous les débits de tabac sont prévenus, ils ont un numéro de portable, ça va aller, Antoine, ça marche plutôt bien. Respire profondément, respire… »

Il prit une couverture dans l'armoire de sa chambre et descendit à la cave. Le cadavre était raide. Il eut un peu de mal à détacher les chaînes des poignets et à étendre le corps. Il l'enroula dans la couverture et ligota le paquet avec un morceau de fil de fer.

L'homme nu n'osait même pas regarder ce qui se passait près de lui. Il pleurnichait, la tête enfouie sous ses bras.

« Si tu ne nous aides pas plus que ça, gronda Costello, ce sera bientôt ton tour. Fais bien travailler tes méninges ! »

Il s'arc-bouta, agrippa la couverture à deux mains et d'un coup de reins de colosse chargea le mort sur son dos. Il le transporta dans le coffre de sa voiture où il dut peser de tout son poids pour le faire entrer. Il redescendit verrouiller la cave et glissa la clé dans sa poche.

Antoine était sorti du bain et s'était resservi un ou plusieurs pastis. À jeun depuis des heures, il était déjà saoul.

« Tu as tué l'autre à coups de hache ? » demanda-t-il, un beau sourire innocent dans les yeux.

Jacky éclata de rire. Il préférait voir son ami d'enfance comme ça, plutôt qu'égaré sous un masque de sang. Ce sourire était la pierre précieuse de leur enfance, de leur totale insouciance, il la protégeait au plus profond de lui de toutes les noirceurs macabres du monde et des ignominies. Il plaçait plus haut que tout son amitié pour Antoine, aussi haut que l'amour infini qu'il avait éprouvé pour sa mère et qui l'aidait à vivre. Le juge

d'instruction ne lui avait pas permis de suivre l'enterre-
ment, même enchaîné, six ans plus tôt.

Ils attendirent le milieu de la nuit. Jacky le laissa
boire encore quelques pastis mais lui prépara une
énorme côte de bœuf et des pommes de terre sautées.

« On va aller le jeter dans la fosse aux congres, dit-il.

– J'ai une meilleure idée, bafouilla Antoine qui avait
de plus en plus de mal à tenir debout. On va le couper
en tranches et le faire bouffer à celui qui est encore
vivant, comme ça il nous coûte pas un rond. »

Jacky explosa. Le rire le cassa en deux et se commu-
niqua. Les deux amis se roulèrent par terre en se tenant
le ventre. Ils en pleuraient.

Ils burent encore deux ou trois verres et sortirent.
Tous feux éteints ils roulèrent jusqu'au petit port. Des
nuages plus clairs que la nuit passaient devant la lune.
Les maisons de pêcheurs dormaient.

Ils ouvrirent le coffre de l'Audi et charrièrent le gros
paquet au bord du quai.

« On va prendre la petite barque de Tony, dit Cristal,
je m'en sers souvent pour faire travailler mes bras. »

Il tira sur l'amarre, l'embarcation vint se ranger
contre le quai. Ils y firent glisser le cadavre et sautèrent à
leur tour. Jacky prit une clé plate dissimulée sous le banc
et retira le cadenas qui emprisonnait les rames. Sans
trop de bruit ils s'éloignèrent.

Malgré les quelques verres qu'il avait bus aussi, Jacky faisait rouler les rames avec une grande souplesse. C'est à peine si elles froissaient l'eau. Au loin la lune pailletait la mer.

Antoine s'était assis sur Majastre et l'insultait. Lui était vraiment bourré.

Ils contournèrent la pointe rocheuse et longèrent la côte sur un petit kilomètre du côté de Marseille. Au-dessus de la ville les nuages étaient rouges, quelques dentelles d'or signalaient les îles.

« Je crois que c'est là », dit Jacky.

Il ramena les rames. Une immense falaise blanche s'élevait au-dessus de leurs têtes, elle les éclairait.

« D'ici quelques jours, les congres auront tout bouffé, même la couverture. »

Il fit basculer le ballot dans l'eau noire. Celui-ci ne coula pas. Il prit une rame et l'enfonça tant qu'il put. Le paquet remonta. Antoine attrapa l'autre rame et l'aida à grands coups sans cesser d'insulter Majastre.

« J'ai lu quelque part, dit-il, que les militaires chiliens jetaient les cadavres dans le cratère d'un volcan du haut d'un hélicoptère pour ne laisser aucune trace. On devrait faire pareil. »

Soudain il perdit l'équilibre, bascula par-dessus bord et disparut la tête la première dans un remous.

Le cadavre emballé tourna plusieurs fois sur lui-même et la tête d'Antoine surgit. Il s'y agrippait. De nouveau le fou rire secoua Jacky. Il ne parvenait pas à empoigner son ami à qui l'eau glacée ou l'idée des congres arrachait des cris stridents que renvoyait la falaise. Il s'aida de la rame.

Tant bien que mal il finit par le hisser à bord, ruisselant et congelé. Le fou rire les abattit tous deux dans le fond du pointu.

Quelques instants plus tard ils se penchèrent prudemment. Majastre avait disparu.

« J'espère qu'il a coulé, sinon on risque de le retrouver demain sur une plage enroulé dans sa couverture.

– Les congres ou les condés », émit Antoine que les profondeurs glacées n'avaient pas tout à fait dessaoulé.

Antoine ne put attendre près d'un téléphone l'appel très improbable d'un buraliste qui aurait repéré la grande femme fumeuse de Kool. Comme il avait marché tout l'été dans la ville accablée de lumière à la recherche d'un véhicule noir, il tourna au volant de sa petite voiture dans ces mêmes rues que le froid vidait dès sept heures du soir.

Maintenant il savait ce qu'il cherchait, une Chrysler Voyager noire conduite par une femme vêtue de sombre. Il ratissa chaque quartier, ruelle après ruelle, parking après parking.

Le lendemain soir, il se rendit compte brusquement en franchissant un petit pont qu'il se trouvait à quelques centaines de mètres seulement de la maison de Camille Ferréol. Il n'eut ni le temps ni la force de réfléchir, il s'engagea sur le chemin de terre. Tout de suite la maison fut là. Il l'avait connue en été flamboyante de fleurs, toute nue elle semblait plus modeste.

Camille vit la lumière des phares balayer le plafond de la cuisine, elle descendit dans le jardin voir qui venait à cette heure. Il s'empressa de sortir de la voiture pour ne pas l'effrayer.

« Antoine… Je ne m'attendais pas… Je suis heureuse, montez vite il fait froid.

– Je vous dérange… Je passais par là.

– Au contraire, vous allez m'accompagner, j'allais partir à une répétition, je chante dans une chorale une fois par semaine. Venez dire bonsoir à Lili et on y va, il vous aime beaucoup. Vous avez bien une petite heure ? »

Ils bavardèrent quelques minutes dans la cuisine avec Lili, de la cueillette des olives, du froid et des dégâts causés par des sangliers de plus en plus nombreux aux portes de Marseille.

« Des sangliers…, ricana Lili. C'est pour les journalistes, des cochons avec des poils, ça oui. C'est comme les loups, il y en a plein les journaux tous les jours, pas plus tard que ce matin en première page. Vous en avez vu un seul, vous, de loup depuis que vous êtes né ? La plupart du temps ce sont des chiens errants. Il faut bien les vendre, les journaux.

— Vous parlerez de loups la prochaine fois, l'interrompit Camille, la chorale m'attend. Venez Antoine, il faut que je sorte ma voiture du garage.

— Laissez-la au garage, la mienne est là.

— C'est gentil… Lili, ferme derrière moi, j'ai les clés, et couche-toi de bonne heure, il n'y a rien à la télé. »

Ils partirent.

« Je lui dis ça mais tous les soirs il met le film, cinq minutes après il ronfle. On le retrouvera assis sur le canapé, la bouche ouverte. Prenez la première à droite. Vous allez voir, on répète dans une petite chapelle sur la colline, le curé nous prête la clé. Il y fait un peu froid mais on s'entoure de cierges et on donne de la voix. Je peux me permettre d'arriver cinq minutes en retard, je suis alto. Vous ne voudriez pas essayer de chanter avec nous, Antoine ? Il n'y a que trois hommes, nous manquons de ténors.

— Je suis incapable de retenir un air, même *Au clair de la lune*, je le chante faux. J'adore la musique mais je n'y connais rien.

— Ça n'existe pas les gens qui chantent faux. Il faut chanter c'est tout. Moi dès que je suis seule, je chante. »

La chorale se déploya devant l'autel, beaucoup de femmes. Camille prit place au milieu, chacun tenait un cahier ouvert devant lui. Ils commencèrent à chanter, un léger sourire aux lèvres.

Antoine s'était assis sur un banc au fond de la chapelle. Seul spectateur.

Ils chantèrent d'abord *Aragon et Castille* de Boby Lapointe, puis reprirent plusieurs fois *Rock My Soul*. Beaucoup de choristes connaissaient mal l'anglais, hésitaient. Ce fut plus facile avec *La Pavane*.

Un buisson de cierges brasillait autour de leurs têtes. Antoine ne regardait que le visage de Camille, aussi calme et beau que le velours de ces voix qui étaient comme une peau très douce sur la pierre froide des voûtes.

Ils terminèrent par l'*Ave verum* de Mozart. Le fond de la chapelle était glacial, Antoine avait la gorge serrée. Dès les dernières mesures Camille s'éclipsa.

« Vous devez avoir les pieds gelés, lui dit-elle. Vous auriez dû vous rapprocher des flammes.

— C'était très beau. »

Il pensait surtout à la douceur de son visage. Il la raccompagna.

« Dans trois jours c'est Noël, Antoine. Je serais si
contente si vous passiez le réveillon avec nous. Tout
seuls, Lili et moi, que voulez-vous que nous fassions ?
On va encore se coucher de bonne heure.

— Vous êtes trop gentille, Camille, j'ai promis à un
ami qui est seul, un ami d'enfance, on va le faire tous les
deux.

— Amenez-le, s'il a autant de charme que vous je me
mettrai entre vous deux.

— Oh, il n'acceptera jamais, il est beaucoup plus
timide que moi. »

La jeune maîtresse d'école éclata de rire.

« Alors ne me le présentez pas, j'en tomberais à coup
sûr amoureuse, c'est sans doute ça le secret de votre
charme, votre timidité. »

3.

Brûle en enfer

Pour ceux qui n'ont pas de famille, Noël est le moment le plus dur de l'année, les nuits sont interminables, tout, autour de nous, parle de bonheur, de foyer, de tendresse. Les arbres illuminés font le ciel encore plus noir. Antoine toucha le fond. Même Jacky ne put le retenir. Il but comme un trou, roula jour et nuit vers tous les recoins de Marseille. Parfois il s'arrêtait pour hurler ou mordre le volant. Il brûla deux cents feux rouges.

Le mardi 28 décembre, il passa chez lui à onze heures du soir. Le 28 décembre est la fête des Innocents. Il tournait la clé dans la serrure lorsque le téléphone sonna. Il bondit.

« Allô… Monsieur Briata ? dit une voix d'homme.

– Oui…

– J'ai essayé plusieurs fois de vous joindre depuis quelques jours, vous êtes le père de Marie ?

– Oui », s'étrangla Antoine.

Il y eut un silence.

« Écoutez-moi bien et ne m'interrompez pas, j'appelle d'une cabine, je suis peut-être en danger… Quelqu'un a vendu votre fille à notre Ordre…

– Votre Ordre ? » bredouilla Antoine que ses jambes lâchaient. Pour la première fois depuis l'enlèvement, quelqu'un parlait de Marie au téléphone.

« Ne m'interrompez pas. Jusqu'à ce jour je faisais partie de l'"Ordre du Tombeau". Le maître a décidé de sacrifier votre fille à Satan.

– Ma fille ? »

Antoine s'était mis à trembler.

« Vous avez un stylo, du papier ?

– Oui.

– Notez… 140, rue Sainte, ça touche l'abbaye de Saint-Victor. Que la police se rende à cette adresse le 31 décembre à 11 heures du soir. Pas avant, votre fille est séquestrée ailleurs. Vous avez noté ?

– Oui, 140, rue Sainte, 11 heures du soir le 31. »

Sa voix vibrait.

« Frappez sept fois à la porte en fer du jardin et dites : "Nous venons pour l'offrande, monsieur Crowley."

– Nous venons pour l'offrande…

– Monsieur Crowley… C R O W L E Y, épela-t-il. Que la police soit absolument invisible avant 11 heures, ensuite faites très vite, entrez dans la maison et descendez dans les souterrains sous l'abbaye. Votre fille doit être immolée à minuit. Nous n'avons plus de maître, monsieur, c'est un monstre assoiffé de sang, un malade mental. J'ai consacré ma vie à cet ordre, ils sombrent dans la sorcellerie, ils déshonorent les Templiers.

– Je vous en supplie, monsieur, dites-moi où est Marie maintenant, ce soir… je vous en supplie… je suis en train de crever. »

Il y eut un déclic, puis la tonalité. L'homme avait raccroché. Antoine était tétanisé.

Tremblant, il composa le numéro de Cristal.

« Viens tout de suite ! hurla-t-il.

– Où ?

– Chez moi, ils vont la tuer. »

Quand Jacky vit l'état de son ami, il commença par lui servir un pastis sans eau. Il ne put le faire asseoir. Antoine tournait comme un automate autour de la petite table du salon en bafouillant des choses incompréhensibles où il était question de souterrains, d'abbaye, de tombeau, de Satan et du 31 décembre.

Jacky prit la feuille de papier qu'il tordait dans sa main et tenta de déchiffrer. L'écriture était aussi agitée que les paroles. Au troisième pastis sans eau, on s'approcha d'un début de cohérence.

« C'est fabuleux, Antoine ! Inespéré ! Pour la première fois quelqu'un te dit que ta fille est vivante. Tu m'entends, Antoine, vivante ! Assieds-toi, tu me donnes le mal de mer. Non seulement vivante, mais on sait où elle sera dans trois jours !

– Dans trois jours ils la tuent ! Ils sont assoiffés de sang ! Mon pauvre bébé… Mon petit bébé… Pourquoi elle, Jacky ? Des monstres !

– Viens, on va tout de suite voir si cette adresse existe. »

Ils montèrent dans l'Audi et filèrent vers le centre-ville. Les avenues étaient désertes. Un petit mistral que la neige du Ventoux venait d'affûter faisait grelotter les lampes municipales et roulait les dernières feuilles des platanes dans les ruelles en pente qui dévalent vers la mer.

Ils laissèrent la voiture boulevard de la Corderie. L'abbaye était juste en dessous. Ils firent à pied le tour de la forteresse. Ses sombres murailles et ses deux colossales tours carrées observaient l'entrée de la passe, comme chaque nuit depuis des centaines d'années. À cette heure et sous le vent, le Vieux Port flambait de mille feux verts et orange que l'eau irisait comme autant de gorges de pigeons.

Rue de l'Abbaye, rue d'Endoume, rue Sainte. Ensemble ils ralentirent le pas, ils passaient devant le numéro 140, à dix mètres à peine de la muraille ouest, la plus haute.

Derrière le portail en fer noir on devinait un jardin clos ; au fond, sous quelques arbres, une maison fermée. Près de la boîte aux lettres une plaque vissée dans le mur : « Paul Valéry vécut dans cette maison. »

Jacky attrapa le bras de son ami et l'entraîna plus loin, le soutint.

« On en a assez vu, murmura-t-il, demain il fera jour, nous ne serons pas les seuls à rôder. Tirons-nous, Antoine, je crois qu'on touche au but. »

Ils passèrent au billard. Jacky laissa une consigne : « Pendant trois jours je ne suis là pour personne, je dis bien personne ! »

Ils rentrèrent à La Redonne et Jacky fit réchauffer deux assiettes de soupe de poisson. Dans celle de son ami il mélangea la poudre d'un Lexomil qu'il venait d'écraser discrètement. Il l'aurait écrasé sous ses yeux que celui-ci n'aurait rien remarqué. Il ne voyait que la porte en fer noir du 140, rue Sainte.

L'effet du Lexomil dura cinq heures. Jacky regretta de ne pas en avoir écrasé deux.

« Vivement qu'on la retrouve, ta fille, dit-il, j'ai perdu le sommeil, je mange sur le pouce et je n'ai même plus le temps de faire l'amour.

– Moi je n'en aurai plus jamais envie.

– Attends le 31. »

À dix heures ils sortirent. Jacky se gara à peu près à la même place que la veille.

« Je vais aller visiter l'abbaye. Le type au téléphone t'a parlé de souterrains, ça me donnera une idée de ce qui nous attend. Toi tu restes dans la voiture, agité comme tu es, tu te ferais remarquer dans la cour d'un asile d'aliénés. Tu mets des cassettes et tu ne bouges pas, je suis là dans une heure... Tu préfères Goldman, I Muvrini, Dire Straits ? Tiens, écoute ça, Verdi, les ouvertures célèbres... Ça te plaît ?

– Je n'entends que la voix de ma fille, même quand je dors.

– Écoute la voix de ta fille ou *La Traviata*, mais ne sors pas de cette voiture sinon je ne m'occupe plus de rien. Il y a une femme de vingt-cinq ans, belle comme la nuit, qui m'attend depuis des semaines, et moi je visite des chapelles. »

Il mit une casquette, des lunettes, releva le col de son manteau et s'éloigna. Il fut tout de suite sous les sombres murailles de l'abbaye. De l'autre côté du Vieux Port, le soleil d'hiver poudrait d'or le fort Saint-Jean, le clocher des Accoules, les arcades de l'Hôtel-Dieu et plus loin la butte des Carmes. Il entra dans l'église.

Il fit en flânant le tour de la grande nef, contempla la beauté de ce vaisseau renversé, s'arrêta un instant sous le chœur et revint sur ses pas. Il avait repéré l'entrée des cryptes. Il paya dix francs et descendit sous terre par un grand escalier.

Il se retrouva seul sous d'autres nefs que soutenaient d'énormes piliers de pierre. Des sarcophages de marbre sculpté couraient le long des murs. Cela lui rappela les sous-sols de la prison de Clairvaux où il avait passé une nuit lors d'une tentative d'évasion.

Il visita chaque salle, tourna autour de l'autel. Y avait-il sous ses pieds des souterrains ? Le gardien à qui il avait payé l'entrée profita du calme du matin pour changer une ou deux ampoules. Cristal s'approcha de lui.

« Vous vous rendez compte, dit-il, il y a quarante ans que je vis à Marseille, j'y suis né, et je n'étais jamais descendu ici. Je suis sans voix, cet endroit est extraordinaire.

– C'est un lieu magique, répondit le gardien, tous les touristes de passage y courent et y reviennent, ces cryptes sont connues dans le monde entier. La plupart des Marseillais les ignorent, ils vont tous les samedis soir au stade vélodrome, et dix francs pour savoir ce qu'ils ont sous les pieds, non. Vous avez pourtant ici toute l'histoire de Marseille depuis les Grecs… Remarquez à l'O.M., j'y vais aussi », s'empressa-t-il d'ajouter – il avait neuf chances sur dix de tomber sur un supporter – « ça n'empêche pas de savoir d'où on vient.

– J'avoue mon ignorance, dit humblement Cristal, et je lis tous les jours dans le journal la page consacrée à l'O.M. Vous avez raison, on est chauvin et on ne sait même pas d'où l'on vient. C'est si vieux que ça ici ?

– Vieux !… s'exclama le gardien. Durant l'Antiquité c'était une carrière, ils construisaient les murailles de la ville avec les blocs de calcaire qu'ils extrayaient ici. Les premiers chrétiens se sont servis des galeries de la carrière pour déposer leurs morts, ils creusaient des alvéoles dans la roche qui servaient de tombes. Nous marchons sur un immense cimetière, monsieur. On ne connaît pas le quart de la nécropole, la ville était en face, de l'autre côté du port, ils venaient enfouir leurs morts ici. Ensuite les moines s'y sont installés, ils ont construit l'abbaye. C'est le bâtiment le plus ancien de la ville, monsieur. Les moines ont vécu pendant des siècles au-dessus de ces tombes. Puis c'est devenu une prison, pendant la Révolution on enfermait les gens au milieu de tous ces morts…

– C'est ahurissant ce que j'apprends, ce matin », dit Jacky qui avait compris que l'homme aimait parler, il suffisait de le flatter un peu. « Vous êtes plus intéressant que tous les professeurs d'histoire que j'ai eus au lycée, quand vous parlez je vois tout. Vous dites qu'il y a là-dessous des galeries ?

– Il n'y a que ça pardi ! » Il était ravi. « Venez, suivez-moi, je vais vous montrer quelque chose. »

Il entraîna Cristal dans une minuscule crypte creusée dans le rocher à l'écart des autres. Un sarcophage d'enfant y était illuminé. On pouvait voir, sculpté dans le marbre, les parents apportant au Christ leur enfant mort, comme une offrande.

Ils se baissèrent et firent quelques pas l'un derrière l'autre dans un étroit passage avant de buter contre une épaisse grille de fer. Au-delà de la grille, des marches taillées dans la pierre s'enfonçaient encore plus profondément sous terre.

« Regardez », chuchota le gardien impressionné par ses propres paroles, « de chaque côté de l'escalier ces empilements de sarcophages, c'est la zone des sépulcres. On ne sait pas exactement jusqu'où elle va, il y a eu des travaux mais ça reste dangereux, le passage est condamné. »

Les visiteurs qui venaient jusque-là avaient jeté des pièces de monnaie à travers la grille, elles brillaient dans l'obscurité. Ils rebroussèrent chemin.

Cristal glissa un pourboire au gardien en lui serrant la main, généreux sans être ostentatoire.

« C'est fabuleux tout ce que vous m'apprenez, ce matin, je reviendrai vous voir. À présent j'ai l'impression de savoir un peu mieux qui je suis, et d'où je viens. »

Le petit homme rayonnait.

Les deux jours qui suivirent furent interminables. Malgré les Lexomil que Jacky broyait avant de les faire disparaître dans la nourriture qu'il servait à Antoine, celui-ci faisait des bonds de kangourou d'un bout à l'autre de la maison et du jardin. Au plus profond de son sommeil il bondissait encore et parlait tout haut.

Le 31 décembre, enfin, vers la fin de l'après-midi ils se rendirent à Saint-Antoine, dans le garage où Jacky entreposait son arsenal. Ils s'y enfermèrent.

« On risque de se faire canarder par des types plus nombreux que nous, dans des souterrains qu'ils connaissent sans doute comme leur poche, dit Cristal. J'ai du mal à imaginer l'organisation de cette bande de tarés. L'Ordre du Tombeau… On entend beaucoup parler de sectes, mais ce genre-là, je pensais que ça n'existait plus que dans les romans et les films d'épouvante. »

Il ouvrit les cantines l'une après l'autre. « Je ne sais pas quelle arme te donner… Tu t'es déjà servi d'un calibre ?

– Tu n'as pas un fusil de chasse ?

– J'ai mieux que ça. Pour le travail qui nous attend, prends ce pompe à canon scié. Je vais te mettre neuf chevrotines double zéro dans le magasin et tu en fourreras vingt autres dans tes poches.

– Tu te souviens, dit Antoine, quand on partait au sanglier dans les Alpes ? On n'avait même pas de permis.

– Je me demande si on avait l'âge… Mes plus beaux souvenirs sont là-haut. Ces montagnes sauvages entre Barrême et Castellane… On se lavait dans le torrent glacé. Brusquement les sangliers qui traversaient à toute allure un éboulis. C'est comme si je les voyais là, maintenant… les mâles fiers, la tête dressée comme des trotteurs, les femelles la tête plus basse, comme si elles étaient toujours tristes. On ne les tirait jamais. Tu les vois aussi ?… »

Il parlait, les yeux dans les montagnes. Machinalement ses mains bourraient de cartouches le fusil à pompe. Il le tendit à son ami et choisit pour lui-même dans une autre cantine un micro UZI à crosse rétractable et six chargeurs de vingt balles. Il glissa dans sa ceinture son arme préférée, le SIG Sauer.

« Je vais prendre aussi des explosifs, ce serait bête de rebrousser chemin à cause d'une porte blindée.

— Tu sais t'en servir ?

— J'ai un ami qui travaille sur un tunnel, chef de poste, c'est lui qui me fournit la gomme F15 et les détonateurs. Regarde, j'en ai trois cartons de vingt-cinq kilos. »

Il en ouvrit un et remplit une sacoche. Il ajouta un court poignard plus affûté qu'un rasoir.

« Je crois qu'on peut y aller, Antoine, avec ce que nous avons je connais peu de monde capable de nous arrêter toi et moi. Si Dieu est quelque part, dans deux heures tu devrais pouvoir serrer ta fille dans tes bras. »

Antoine posa sa main sur l'épaule de son ami d'enfance.

« Ce soir tu risques ta vie, Jacky, tu le sais, pourquoi fais-tu tout ça pour moi ? Tu fais trop confiance aux souvenirs.

— Je le fais aussi pour moi, pour pouvoir me regarder en face. Je n'ai pas fait que des choses bien dans ma vie. Chaque homme que j'ai tué était peut-être la dernière des canailles, c'était aussi le fils de quelqu'un, le père de quelqu'un, le frère de quelqu'un. Ma prochaine vie est encore loin... Tu sais, c'est long dix ans de prison, dix ans seul avec soi-même, jour et nuit. J'ai passé dix ans à entendre ma voix me parler. Si on sauve ta fille, Antoine, j'aurai peut-être la force de me regarder en face au fond d'un cachot, d'une tombe, ou pendant quelques milliards d'années au milieu des étoiles. Rassure-toi, Antoine, je ne vis pas que dans les souvenirs, en ce moment c'est toi qui m'aides. On va descendre sous terre affronter le démon, je lutte contre lui depuis que je suis né, il danse dans mon sang à chaque heure du jour. C'est moi-même que je vais affronter dans cette nécropole. À présent ne te pose plus de questions, planque le pompe sous ton manteau, c'est l'heure. »

Ils montèrent dans l'Audi et filèrent vers l'abbaye. Les yeux d'Antoine étaient inondés de larmes. Ils traversèrent des quartiers illuminés et déserts. La ville entière avait basculé vers le port où près de trois mille ans plus tôt elle était née.

Ils trouvèrent une place rue Neuve-Sainte-Catherine ; des milliers de familles convergeaient vers le port pour assister au feu d'artifice que le miroir de l'eau allait sublimer, palmiers de rubis, d'émeraudes, de diamants reflétés à l'infini, embrasement des fortifications.

« Onze heures, dit Jacky, on y va. »

Il prit une lampe torche dans la boîte à gants.

Des groupes de jeunes chantaient, cornaient, allumaient des feux de Bengale. L'ambiance était celle d'un soir de foot aux alentours du stade et dans le métro.

Le parvis de l'abbaye était déjà noir de monde. La vue plongeante sur l'entrée du port y est unique.

Leur arsenal dissimulé sous les manteaux, ils arrivèrent devant le 140, rue Sainte.

Jacky frappa sept fois contre la porte de fer noire.

« Oui ?... fit une voix d'homme à travers la fente de la boîte aux lettres.

– Nous venons pour l'offrande, monsieur Crowley », articula très calmement Jacky.

Une serrure claqua. La porte s'ouvrit. Ils firent un pas dans le jardin. Un géant de deux mètres planté dans la pénombre au milieu de l'allée les observait.

Antoine n'eut pas le temps de voir le geste de son ami tant celui-ci fut fulgurant. Il n'entendit qu'un bruit sourd.

Avec toute la puissance de ses muscles, Jacky venait de plonger la lame du poignard dans le nombril du colosse, jusqu'à la garde. De tout son poids il pesa sur le manche, la lame se dressa vers le sternum, tranchant net l'aorte.

Le géant ouvrit une bouche ronde, rota, fut parcouru de soubresauts respiratoires et tomba à genoux.

Jacky retira le couteau et lui en trancha la gorge, avec une précision chirurgicale.

« Ferme la porte », souffla-t-il à Antoine.

Le sang chaud inonda ses mains. Ils traînèrent le corps inerte et le dissimulèrent derrière un massif d'arbustes.

Jacky fourra dans sa sacoche le 11,43 que le colosse portait sous son aisselle dans un holster.

« Donne un tour de clé et suis-moi. »

Il s'essuya les mains sur les vêtements du cadavre, rangea le poignard et arma l'UZI. Antoine sortit le fusil à pompe et ôta la sûreté.

La maison semblait déserte, ils plongèrent vers la cave. Celle-ci ressemblait étrangement aux cryptes qui se trouvaient sous l'abbaye. En forme de nef, elle avait dû jadis en faire partie. Tout au fond de la salle voûtée, une porte ouverte révéla un escalier.

Ils l'empruntèrent à pas de loup. Trente marches plus bas Jacky reconnut la zone des sépulcres que le gardien de l'abbaye lui avait montrée à travers la grille de fer. De chaque côté de l'escalier s'élevaient plusieurs épaisseurs de sarcophages. « Malgré les travaux, le passage est dangereux », avait-il dit.

Ils redoublèrent de prudence et de silence.

Un peu plus bas l'escalier déboucha dans un canal souterrain abandonné. Un souffle glacial y circulait. Ils tendirent l'oreille. Rien. Ils prirent sur leur gauche.

Cinquante mètres plus loin ils découvrirent dans le mur du canal l'entrée de deux galeries jumelles. Jacky les balaya de lumière. Deux inscriptions les surmontaient.

Vim Inis, déchiffrèrent-ils sur la première. *Vim Maris*, sur la seconde. Les lettres étaient en partie effacées par le temps.

« Qu'est-ce que ça veut dire ? murmura Antoine.

— J'en sais rien.

— On prend laquelle ? »

Ils s'engouffrèrent dans la première. Ici les escaliers avaient été directement taillés dans le roc. Le faisceau de leur lampe fit surgir de la nuit des colonnes surmontées de chapiteaux, eux aussi taillés dans la pierre. Des têtes de lions ou de dragons y étaient sculptées. La mousse les rendait hideux.

Soudain la roche devint glissante, les murailles trempées.

« Je crois que nous venons de passer sous le niveau de la mer, chuchota Jacky.

— Tu veux dire sous le Vieux Port ?

— On doit être sous le bassin de carénage mais depuis un moment on bifurque vers le fort Saint-Nicolas, ces souterrains doivent y mener... À moins qu'ils traversent tout le Vieux Port jusqu'à Saint-Sauveur ou la cathédrale. J'avais entendu parler de ça, je n'y ai jamais cru.

— Quand je pense que Marie est quelque part là-dessous, c'est le pire des cauchemars. »

Brusquement les marches s'arrêtèrent et ils faillirent basculer dans le vide. Un puits s'ouvrait devant eux, large de plus de cinq mètres et trois fois plus profond.

Un bourdonnement étrange montait des entrailles de la terre. Un bruit d'eau ?…

Un escalier dégringolait dans le puits en tournant sur lui-même le long des parois. Ils s'y engagèrent. Ce n'est qu'au fond du trou qu'ils comprirent que ce qu'ils avaient pris d'abord pour un roulement d'eau n'était autre qu'une rumeur de voix. Peut-être un chœur. Le même son courait dans ces boyaux de pierre, « Oooooooooooomm… », répercuté à l'infini dans la pénombre. D'où venait ce chant ? Ce chant funèbre.

Ils n'eurent que quelques pas à faire dans ce qui semblait être d'anciennes grottes. Une énorme porte de bois les arrêta. Elle était dominée par une inscription gravée dans la roche : « Le Château de la Pureté. »

Les voix étaient là, juste derrière.

Jacky mit un doigt devant sa bouche. Chut… Il pesa légèrement sur la porte. Elle n'était pas fermée à clé.

Le chant cessa et une voix d'homme s'éleva, puissante, sourde.

« Si vous attendez que les enfants soient capables de raisonner pour les châtier, vous aurez attendu trop longtemps. Même les bébés ont une nature déchue et ont besoin d'être châtiés. Notre tâche est d'anéantir deux mille ans de faiblesse et de culpabilité morbide. Il faut être supérieur à cette humanité malade, par la force, par le mépris !… Ensemble nous allons détruire cette religion de la dégénérescence et de la décomposition.

« À présent suivez-moi dans le labyrinthe de la pureté ! Je suis le seul à connaître la voie. J'ai fait seul l'expérience des sept solitudes… Suivez-moi et vous serez sauvés ! »

Le chant reprit aussitôt, exalté par les paroles qui venaient d'être prononcées.

D'un coup d'épaule, Cristal ouvrit la porte. Ensemble ils bondirent.

Ils étaient dans une église souterraine illuminée par une forêt de cierges noirs. Les murs étaient totalement nus. Des dizaines d'hommes et de femmes vêtus de chasubles rouges et noires chantaient. Chacun tenait à la main un cierge noir allumé.

Antoine ne vit qu'une chose. Marie. Elle était debout près de l'autel dans une robe blanche. Elle semblait dormir.

Le cœur d'Antoine cessa de battre. Il marcha vers elle, aveuglé d'émotion, et de toutes ses forces la serra contre lui.

« Marie…, bredouilla-t-il, mon bébé… mon tout petit… »

L'enfant ne bougea pas, ne réagit pas.

« Marie, c'est moi, c'est papa… C'est fini. »

Il s'était agenouillé devant elle et embrassait son visage, ses cheveux.

La petite fille ne broncha pas. Ses bras pendaient, son regard restait cruellement vide.

« Qu'est-ce qu'elle a ? » bégaya-t-il.

Jacky le prit par le bras.

« Ils l'ont droguée… peut-être hypnotisée.

– Qu'est-ce que tu as, mon bébé ? » répéta-t-il en lui caressant les cheveux.

Un homme en chasuble noire et rouge était debout devant l'autel, seul, face à la foule immobile qui ne chantait plus. Sa poitrine étincelait de rubis. Avec la même voix qu'il avait prise pour enflammer ses adeptes, puissante et sûre, désignant la porte il ordonna :

« Sortez ! »

Antoine jusque-là n'avait vu que Marie. Il tourna la tête vers cette voix.

« Qu'est-ce qu'elle a ? demanda-t-il en pleurant.

– Sortez ! » gronda le maître.

Antoine s'écarta de l'enfant et s'avança vers lui.

« Qu'est-ce que vous lui avez fait ? articula-t-il la voix pleine de larmes. C'est vous le monstre. »

L'homme vêtu de noir ne cilla pas. La haine fulgurait dans ses yeux. Un sarcophage d'enfant était posé sur l'autel juste derrière lui, le même que celui que Jacky avait remarqué dans la plus basse crypte. Celui-ci était en marbre noir sculpté et les parents offraient leur enfant mort à Satan.

La première décharge de chevrotines arracha l'épaule du gourou. Il fut projeté sur les dalles. La terreur chassa subitement de ses yeux la haine et le mépris.

La seconde lui fit exploser la tête, accrochant une dentelle pourpre à l'autel. Des lambeaux de cervelle giclèrent contre les colonnes et les murs.

La troisième cartouche lui fit jaillir les intestins. La suivante les fit rouler plus loin comme un nœud de serpents.

À chaque détonation le corps sautait.

Antoine vida tout le magasin et continua à appuyer sur la détente une dizaine de fois. Jacky le tira en arrière.

« Arrête, il n'y a plus rien. Recharge. »

La foule des adeptes s'était ébranlée. Comme un peuple somnambule elle s'avançait vers l'autel au secours du maître, grondante, venimeuse.

Jacky lui fit face et vida d'un seul trait tout le chargeur de l'UZI. Les premiers fidèles s'effondrèrent, fauchés. Pris de panique, tous les autres se plaquèrent au sol.

Tranquillement il rechargea son arme. Antoine l'imita.

« Sors ta fille d'ici et attends-moi à la voiture, je m'occupe d'eux. »

Il lui tendit la torche et fit quelques pas vers la foule qui ne respirait plus.

« Le premier qui bouge d'un millimètre, je le coupe en deux ! »

Sa voix calme était tout aussi persuasive que celle du gourou.

Antoine prit sa fille dans ses bras et sortit de l'église.

Il refit à l'envers l'étrange voyage aux enfers. Les grottes, l'ascension du puits, l'escalier aux têtes de lions et de dragons taillées dans le roc, le canal abandonné. Il rata la dernière galerie qui menait aux caves, erra un moment dans des égouts désaffectés et revint sur ses pas. Enfin il retrouva l'escalier qui montait vers la maison et le jardin.

Il surgit dans la rue Sainte et tourna autour de l'abbaye sans trop se souvenir où était garée la voiture.

La foule qui s'était amassée pour assister au feu d'artifice annoncé pour minuit avait encore grossi. Il était minuit et demi, et pas le moindre palmier d'or ne tatouait le ciel d'encre.

Marseille est capable du meilleur comme du pire, déroutante, excessive. Elle peut réduire à quelques instants d'ennui l'événement le plus brûlant et métamorphoser en légende un détail anodin de la vie.

Simple panne du système électronique ou canular ? Cette ville est un poisson d'avril.

Toujours est-il que cette masse impatiente et agitée n'attendait plus rien du ciel. Tous virent un être halluciné, sorti d'on ne sait où, peut-être des murailles de l'abbaye. Il tenait dans ses bras une enfant, une torche allumée et un fusil à pompe.

Soudain muette la foule s'écarta.

Antoine ne voyait rien ni personne. Il avait même oublié qu'il cherchait une voiture. Il serrait sa fille de plus en plus fort. Sa tête dans les cheveux et le cou de l'enfant, il n'avait cessé de lui parler doucement, tendrement. Il pleurait de bonheur. « C'est fini, je suis là, c'est papa, on se quitte plus jamais, c'est moi, mon bébé, on rentre à la maison… »

Il longea la rue Sainte vers le centre-ville. Il n'avait qu'une idée, rentrer aux Trois-Lucs, fermer la porte à clé et garder Marie contre lui pour toujours.

La foule avait envahi la périphérie du port. Comme un vaisseau fantôme, il la fendit en deux.

Jacky saisit un cierge allumé et sortit de l'église. Il fit quelques pas dans la grotte en promenant la flamme sur les parois. Il repéra deux ou trois failles dans la roche par où l'eau suintait plus qu'ailleurs. Il en choisit une trempée et profonde, planta son cierge sur le sol et commença à travailler, l'oreille tendue vers la nef, l'UZI à portée de la main.

Il tira de la sacoche une vingtaine de cartouches de sa fameuse gomme F15 capable de percer un tunnel, en fit un petit fagot au milieu duquel il coinça deux détonateurs qu'il relia à deux mèches lentes de un mètre cinquante de longueur. Il sertit le tout avec les dents.

Il fit pénétrer le plus loin possible son fagot dans la faille et alla jeter un coup d'œil dans le Château de la Pureté. Les plus fanatiques étaient domptés, pas une oreille ne remuait dans la secte. Il regarda le tas de viande qu'était devenu le gourou. L'autel dégoulinait de son sang. « Tu n'y vas pas de main morte, Antoine », pensa-t-il. Puis il lança :

« À qui le tour ? »

La secte perdit encore quelques centimètres.

Il alla ramasser son matériel, alluma les deux mèches avec le cierge et sans trop se presser s'éloigna. Il savait qu'il avait environ deux minutes.

Lui ne s'égara pas. Il allait atteindre les caves de la

maison lorsqu'il entendit l'énorme explosion étouffée par le labyrinthe. La roche vibra sous lui. Un souffle terrible le rattrapa, le plaquant sur les marches.

Le bruit de la détonation se répercuta de galerie en galerie et roula vers des boyaux qu'aucun homme n'avait explorés.

En bas des blocs énormes se détachèrent, obstruant les grottes. L'eau de la mer s'y rua. En quelques minutes elle noya tout, les escaliers, le puits, l'église.

Le Château de la Pureté fut englouti à jamais. N'importe qui aurait pu graver dans la roche :

« Pour ceux-là le linceul du départ est tissé : la nef sans retour et sans escale les attend. Ils vont prendre la mer pour toujours. Quelle joie ! »

La foule encore massée sur les quais du port crut sentir sous ses pieds bouger les dalles de pierre. Les barques et les voiliers dansèrent un instant, faisant tinter les drisses contre les mâts en aluminium. Tout le monde se regarda. Quel étrange coup de vent... Quelle étrange nuit...

Jacky dissimula ses armes sous son manteau, inspecta la rue par la fente de la boîte aux lettres et sortit de la maison. Il se fondit dans la cohue. Arrivé à la voiture, il ne fut pas surpris de ne pas y trouver son ami. « Je peux pas te laisser seul cinq minutes, Antoine », murmura-t-il, et il démarra.

Pour rentrer aux Trois-Lucs Antoine suivit le chemin qu'il avait parcouru des centaines de fois depuis son enfance pour aller au cinéma, à la plage, ou chercher à comprendre le mystère des hommes dans les ruelles les plus tordues, à vélo d'abord, puis en Solex, en bus et en voiture.

Il remonta la Canebière, se dirigea vers les Chartreux. Les gens s'écartaient, incrédules ils regardaient passer cet aveugle chargé d'une enfant et d'un fusil. La robe blanche de l'enfant était tout éclaboussée du sang du gourou. Un cortège se forma derrière eux.

Alertée, la police tenta de l'arrêter aux Cinq-Avenues. Deux véhicules l'attendaient, barrant rue et trottoir. Antoine ne vit qu'une chose, on l'empêchait de rentrer chez eux. Il appuya sur la détente. Un pare-brise explosa.

La foule stoppa net, tous les policiers se jetèrent par terre. Il continua. C'était un fou.

Le commissaire demanda d'urgence le groupe d'intervention de la Police nationale. Dès lors Antoine poursuivit seul son chemin sous le froid de la pierre et du ciel. Malgré ces rues glacées il était en nage. Il posa un instant Marie, l'enveloppa dans son manteau et repartit.

Comme il avait marché tout l'été sous le soleil, le vent, la nuit, dans la poussière des trottoirs et des jardins publics aux confins de cette ville, accablé de détresse, il marchait maintenant ivre de bonheur. Il marchait dans le silence d'un désert où plus rien ne pouvait l'arrêter.

Si Antoine avait été poète il aurait hurlé :

« Laissez-la dormir vous dis-je laissez-la dormir

ou bien j'affirme que les abîmes se creuseront

que tout sera désormais fini entre la mousse et le cercueil…

Laissez-la dormir

Laissez les grands chênes autour de son lit

Ne chassez pas de sa chambre cette humble pâquerette à demi effacée

Laissez-la dormir. »

Antoine était facteur, il se contenta de serrer encore plus fort Marie sur sa poitrine. L'enfant sentit passer en elle les paroles d'amour.

À deux heures du matin, toutes les radios locales commencèrent à parler d'un homme qui traversait Marseille une enfant et un fusil dans les bras. Il avait tiré sur une patrouille. Un inspecteur de la PJ qui enquêtait depuis six mois sur l'enlèvement de Marie identifia formellement le père, Antoine Briata.

Dès lors ce nom crépita sur toutes les ondes.

Camille Ferréol réveillonnait avec ses amis de la chorale. Une jeune femme entra, annonçant la nouvelle, elle venait de l'entendre dans sa voiture.

Camille pâlit. Elle poussa un cri et partit en courant.

Antoine dépassa Saint-Just. À Malpassé il gagna l'immense avenue Jean-Paul-Sartre. Ses bras, ses épaules, ses jambes étaient plus durs que du bois. Il ne sentait aucune douleur. Maintenant il avançait beaucoup moins vite, toutes les deux minutes il posait Marie, lui caressait les cheveux et repartait en lui parlant dans le cou.

La police ferma l'avenue à la circulation dans les deux sens.

Antoine allait seul au milieu de la chaussée. À une centaine de mètres derrière lui un étrange cortège glissait dans la nuit, six voitures de police, deux véhicules de pompiers et le Samu. Tous feux éteints ils progressaient à la vitesse de l'homme.

À l'extrémité de l'avenue les tireurs d'élite du G.I.P.N. se dissimulèrent derrière les arbres et sur un pont, prêts à ouvrir le feu.

À travers les fenêtres quelques badauds éberlués suivaient la scène.

Soudain Antoine vit une silhouette qui s'avançait vers lui, seule au milieu de l'avenue. Il souleva son arme. Au bout de la ligne de mire, il reconnut le sourire de Camille.

Elle prit dans ses bras le père et l'enfant.

« Je vous ai apporté à boire, dit-elle, de l'orangeade. On parle de vous à la radio. »

Ils s'écroulèrent sur un banc. D'un trait il vida la gourde.

« C'est fini, Antoine, je suis là, nous allons rentrer tous les trois. »

Les policiers avaient accepté la proposition de Camille, ils avaient mélangé à l'orangeade un puissant somnifère.

Marie dormait dans le manteau. Lentement le corps d'Antoine se détendit et il glissa, rassuré, contre la poitrine de Camille. La jeune maîtresse tenait dans ses bras les deux enfants que plus rien ne pouvait séparer.

Quelques heures plus tard les roses jaunes de l'aube éclatèrent sur la mer, les roses rouges du matin incendièrent les murs de la ville. Au-dessus des Trois-Lucs et d'Allauch les collines craquèrent sous le givre comme chaque jour d'hiver depuis des milliers d'années.

Il ne s'était rien passé. Le monde filait vers son destin par-delà le bien et le mal.

*Cet ouvrage
a été transcodé
et achevé d'imprimer
sur Roto-Page
en mars 2000
par l'Imprimerie Floch
à Mayenne.*

D.L., avril 2000.
Éditeur, n° 9491.
Imprimeur, n° 48239.
Imprimé en France.